「群れない」生き方

ひとり暮らし、私のルール

曾野綾子

Sono Ayako

河出書房新社

「群れない」生き方　ひとり暮らし、私のルール　＊　目次

第一章　最期まで群れず、ひとりを生きぬく

第二章　新しい発見を栄養剤に

第三章　ひとり暮らしを支える心と体

第四章　自分自身の芯を鍛える

第五章　変化を味方につける

「群れない」生き方

ひとり暮らし、私のルール

まえがき

私の若い時代、日本中の誰もが今より貧しい生活をしていた。一般的に言っての話だが、こういう場合、日本全体の社会的傾向を考えず、自分の暮らしは今の方がいいとか悪いとかいうことになってしまうと、物事の全体像が捉えられない。

戦後の日本はどこも人でいっぱいだった。戦争末期（主に一九四四年から四五年にかけて）のアメリカの空襲で、日本人の多くが家を焼かれたからである。日本人の家の多くは木造だったから、被害は簡単に拡大した。しかも道は狭いので、戦後も今までに何度か、人が群集に踏みつぶされる事故が起きている。アメリカに行ってみると、つくづく日本は狭い土地に人が多く住んでいることがわかる。

天候の急変、交通事故、火事などで、大勢の人が一度に一方向に逃げようとすると、人が人に踏みつぶされる。インドでは都市部に集まった庶民たちが、ひしめき合うような貧しい住宅地に集まって暮らしている場所もあるが、広い土地に人間が分散して住むアフリカ大陸の人たちは、どんなに貧しかろうと、インド型の災害は考えられない。

もちろん、あらゆる種類の危険が潜むには、必ずそれなりの理由がある。ヒマラヤの山中には人はいないが、登山者が滑落して死ぬ、という危険はある。インドの町では、群集に巻き込まれて踏みつぶされる恐れがあるのは、限られた貧しい人たちの特定の居住地区だけだけれど、他の地域の生活だって決して楽ではない。清潔な飲み水を手に入れることさえむずかしい土地は多いから、むしろ汚い水を飲んで、コレラや腸炎で死ぬ心配の方が多い。

群れる人間は、動物的にその回避の方法を知っている。もちろん彼らは、何よりも群れることによって、安全の度合いが増すことを考えたのだ。便利な点も増える。水道、電気、電話、消防、救急医療などの恩恵も受けやすくなる。

受ける恩恵は簡単に立証できるが、群れに組み込まれることの恐ろしさの方は、ごく稀にしか実証できないし、人々の意識にものぼらない。それに私自身にしたところで、群れに生きる恩恵ならいつも実感している。電気、水道、ガスは当然。近くのマーケットで買えるものの潤沢さなど、田舎暮らしと比べると天国のようだ。さらに外へ出ればレストランにも行け、観劇もできる。自分の行動を村の人々に逐一知られるという面倒くささもない。

私は生まれつき自分勝手な性格だったから、群れの恩恵を充分に受けながら、現実には群れに入らない便利さも利用して生きることを、すぐに覚えた。

狡い行為なのだが、平凡な人間が自分の魂の自由を確保するためにもその方がいい、ということに気づいたのは、実はずっと後のことである。

二〇一九年　冬

曾野綾子

第一章

最期まで群れず、ひとりを生きぬく

困難と不便の中で身につけた知恵こそ役に立つ

「安心」という病気
――人間の基本的な性質は「利己」である

どうも日本人ほど「安心して」という言葉を使いたがる民族はいないような気がしてきた。テレビに登場する人々も、この言葉を乱発する。東日本大震災があり、異常気象が続いているというのに、まだ日本人は「安心して」暮らしたいし、又それが可能だと信じているらしい。こういう精神的依存症、甘さは、いったいどんな教育から出てきたのだろう。

人間の基本的な性質は「利己」ということだ。野生の動物がそうであるように、餌を持っていなければ、他の個体の持っているものを奪ってでも食べる。それが生存本能の原則である。唯一の例外は母性本能だけだということになっているが、それさえも確実ではない。

飢餓のエチオピアで、私がたった一粒残っていた飴を、痩せ細った子供を腕に抱いた母にさし出した時、私は当然、彼女が飴を子供に与えると思っていたのだが、彼女はそれを食べてしまった。それによって彼女のお乳が少しでも出れば、それを飲ませるつもりだったのかもしれないが、人間はまず自分の苦痛から逃れたいものなのだと思い知らされた。

「安心する」ということは、むしろ人間の精神の異常事態だ。そこには、多くの場合何の根拠もないからである。天災はもちろん、今後も、いかなる国の政府のいかなる制度ももののともせず、人間を襲うだろう。どんなに医療上の救急医療体制が整おうとも、一瞬のうちに起きる心臓や脳の疾患は未然に防げない。ありえないことを求める、ということは、むしろ人間の精神にとって異常事態だ。

私は「マイカー時代」の初期を見ている。あのすさまじい速度で移動する金属製の「人間容器」（自動車）が衝突すれば、当然中の人間は死ぬ。しかし自動車は人類に必要なものだったから、先進国アメリカは、否応なく人間を従わせる制度を作った。正面衝突を防ぐ上下線の分離や中央分離帯であった。決して「安心しない」人々がこうした制度を作ったのだ。

穏やかな武器

——言葉は、もっとも温和な武器

時々、講演の時などに、「言葉は、もっとも温和な武器です」と言うことがある。もっとも現代の人には、温和という形容詞と、武器という名詞が繋がらなくて、理解できないということがあるらしいが……。

私はいろいろと心理的な範囲の悪事は体験したことがあるような気がしているが（それだからこそ、小説を書けるというものなのだ）、まだ実際の武器を使ったこともないし、相手を平手うちにせよ殴ったこともない。つまり幸運だったのである。犯罪に巻き込まれたら、あらゆる肉体的暴力に対抗していかなければならないことはわかっている。

その一段前の段階として、言語、或いは表現力による闘いというものはある。言葉の段階なら、闘った相手はもちろん不愉快にはなるだろうが、眼をつぶしたり、手足を折るということにはならない。だから私は、「するなら口喧嘩」と思っているのである。

武器と言っても、言葉の闘いは通常広報と言われるものの範囲である。自分の言い分をできれば穏やかな雰囲気の中で相手とその周辺に伝えることが目的だ。しかし日本のあらゆる組織の中で、この広報の力に気づいているところは実に少ない。広報部の仕事は、誠実で正しく内容を伝えられる人なら誰でもできるだろう、という程度のお粗末さである。

広報の担当者は、当然ある程度仕事の内容を知っている人であることは必要だが、それだけでは決して務まらない。防衛省の広報でも、私の今までの体験では、理科系の学問をした人にはまず無理だろう。理由は簡単で、表現力も、人情の洞察力も、型通りに考えればそれで充分じゃないか、という人にはとうていできない分野だからである。

広報は日本で行う限り、まずレベル以上の日本語の達者でなければならない。一足す一は二としか思えない人も不適当だ。なぜなら、広報というものはごく一般の人を相手にするので、その中には必ず私のように算数ができないという人も混じっているわけだから、そういう性質の人に対する心理的な闘いにも対処できなくてはならないのである。

尖閣問題に関する中国の広報戦の実態を詳しく知っているわけではないが、今の政府は世界に対して、マスコミが問題にするような何の広報戦略も取っていないように見える。闘わなければ負けるわけだ。広報という分野に関して政府や組織が放置しているのを見ると、表現も穏やかな武器なのに、という思いを深くする。

日常の中の危険
——人を疑うという保身術

国家なら犯罪は犯さないだろう、などと本気で思っている日本人がいて、それで日本軍のしたことをあげつらうのだが、北朝鮮の拉致事件の真相を知るとどの国家も残忍なものである。つまり人間はたやすく集団で理性を失える性格を持っているのだ。それが万人に共通の弱点なのだから、自分だけが例外ではないと覚悟すべきである。

日本人は「皆いい子」という間違ったことを教えられたから、人を疑うという基本的な保身術を失った。小泉総理が北朝鮮に行って、金正日と儀礼的な食事さえしなかったのは、用心のためだった、という人がいる。盗聴、（判断を狂わせるような）薬物混入、拘束、罠、何が起こるかわからないのが世の中なのだ。もっともこれは思い過ごしで、少ない滞在時間なのだから、事務上、持参の弁当を食べた方が楽で便利だったというのが事実だろう。会見前に拉致被害者八人の死亡を知らされていたりしたら、総理も会食などする気にはならなかっただろうから、それはよかったことのように見える。

これからは第二、第三の拉致される若者を作らないために、日本の社会も働き、同時に若者にも、人を信用しないで用心することを教えてほしい。

私が働いていた日本財団では、それをきっかけに「海守《うみもり》」という制度を全国的に作るために働く。すべて海と関係のある専門知識を持つ人たちが組織を作って、海上保安庁だけではとてもカバーし切れない、長い日本の海岸線の安全のために、監視の眼を光らせてもらう制度である。私のような素人には漁船に見えても、漁業関係者なら、不審な工作船を漁船と見紛うことはないからである。日本人が、自らの手で、武器など使用せず、英知と気配りで同胞の安全を護るのが最高のやり方である。十三歳のバドミントンのラケットを持った子供が、海岸から連れ去られないように、護るのは、同じ日本の大人たちでなければならない。

同時に、ピストルや刃物を突きつけられもしないのに、どこかの国へ騙されて連れて行かれる、ということのないように、これからは親や先生も厳しい世界の現実を教える力を持たねばならない。なぜ疑わなかったのでしょう、と危険が日常性の中にあることを知っている海外在住の日本人は、誰もが拉致事件を悔しがり、対象のない怒りを覚えている。

疑ってもなお、用心しつつ、助けるべき人は助けることはできるのだ。理由なく信じることはいいことではない。それは愚かなことである。もっとも詐欺師は、信じるに足ると見える理由を作るものなのだが……。そこでマンガ以外の本もたくさん読んで、人を見抜く眼を養う他はないことになる。

新しい知識人
——愛は知識を前提とする

今、或るカトリック系の小さな雑誌に連載をしているので、毎月書くことを決めるために聖書のページをめくることになる。すると読んだはずなのに、まるで初めて触れるような新鮮な感動を覚える箇所に必ず出会う。感動の背景には、最近の日本や世界の変動があるからで、生きた世界は現代にも生きている聖書を動かすのである。

最近読んだのはパウロの「コリントの信徒への手紙（一）」の8―1に出てくる「知識は人を高ぶらせるが、愛は造り上げる」という言葉である。或る訳本では「知識は人を思い上がらせ、愛は人を造り上げます」となっていて、その訳の方が私は好きだ。

この原文を私は神父から、ギリシャ語のニュアンスまで説明された。ここで使われている「愛」は「アガペー」と言われる愛であって、仮に愛することができない対象に対しても、人としてのあるべき姿として愛しているのと同じ責任ある行動をとる理性を含んだ「愛」である。心から好きになって、愛する行動をとることではないのである。そのようないささか表裏がある愛でも、愛なら人を造り上げる、というのである。

この「造り上げる」の原語は、「オイコドメーオー」で、これは「建築する」という動詞である。愛は完成品として、突然出現するのではない。多くの場合、辛い無理をしながらも構築していくものだ、というのである。

それに対して「知識＝グノーシス」は人を思い上がらせる、とパウロは人間の心の弱点を見事に突いている。トマス・アクィナスは言ったという。

「誰でも知識があっても、その用い方を知らなければ、不充分に知識を持っているに過ぎない」

最近、インターネットができてから「知識を持っている」と自分で思っている人が増えてきた。或る時、一人の人が私に言ったことがある。

「××先生の書いたエッセーは、資料的に全く不足してましたから、僕は資料を送ってやりました」

その語調には、その問題について書けるのは自分だ、というニュアンスが感じられなくもなかった。

しかし××先生より多くの資料を持ちながら、そのことを書かなかったのは、やはりそれは不充分な知識だったのだ、とトマス・アクィナスなら言うだろう。知識に命を入れられなかったのだ。しかしパウロも、決して知識そのものを否定しているのではない。そのすぐ後に「神を愛する人がいれば、その人は神に知られているのです」と書いている。

愛は知識を前提とする。「前もって知らなければ、誰も愛さない」というのは謙虚な姿勢で、私たちはやはり知ろうとして勉強し続ける他はないらしいのである。

昔は恋があった
——精神性こそが、人生を豊かにする

私のように若くない世代の者は、もしかすると最上の時代を生きたのではないか、と思うことがある。物質的に社会が豊かになったほどには、心が豊かにならなかった。それどころか、人間の誇りも家族のきずなも失われてきたように見えるので、もしかすると物質的には慎ましい戦前と、貧しい戦後を知っていたということは、もっとも心豊かな時代を体験したことになるのだろうか、と思う時があるのである。

「精神性」という視点が「物質的」な欠乏をごまかしてカバーする役に立つこともあると、重々承知してはいるが、それでも私が子供だった戦前は、今と比べものにならないほど「精神性」が重視されていたような気がする。もちろんどんな時代にも、計

算高かったり、利己的だったりする人もいるし、その要素が各人の中にあることは誰にもわかっていたのだが、それは一種の羞恥でもって受けとめられていた。

日本でも一時、お婿さんの条件として、背が高くて高学歴、一流会社勤務というような条件が挙げられてジャーナリズムの話題になったこともある。いつでもそういう通俗的な風潮はないわけではないだろうが、いよいよ盛んになっているというふうにも感じられない。しかし韓国では今、優秀な若い男性の「プロフェッショナル（専門職）」と呼ばれる人たちが富裕階級の娘たちと結婚して、新しいエリート階級を作る風潮になっているという。

韓国では卒業の時期が近づくと、結婚紹介所は優秀な専門職の男性を探し出し、上流階級の女性たちと結びつけるビジネスのかきいれ時になる、という。

驚いたことに上流階級の家族は婿さん候補を探し出してもらうのに数百万ウォン（数十万円）を払うことを何とも思っていない。有能な才能と血を迎えて、彼らの富はもっと増えるだろうと計算する。かつてはこういうビジネスは世評を憚《はばか》って隠密に行われたものだが、今ではオープンに広告までされている。男性エリートの専門職とされているのは、弁護士や医師などである。そして富裕な家庭の娘という条件に当てはまるのは、少なくとも三億円くらいの資産のある家庭か、韓国で三十くらいの代表的な会社の重役や経営者である父親がいることである。

こういう縁組のためには銀行も動いている。或る銀行は、一千万円以上の預金のある女性と青年だけを集めて、紹介し会わせる、という試みを行った。数億という預金のある家庭の適齢期の娘・息子たちの縁談を積極的にすすめている銀行もあるという。

盲目的な恋は、もうなくなったのだ。

浅ましく悲しい時代になった。いい時代を知っていたのは、戦前生まれだけになったのだ。

内戦の犠牲者

――「何をしてもいい」という甘さと幼稚さの果て

最近の風潮の特徴を一口で言えば「何をしてもいい」ということである。

それが解放と自由な精神に繋がったかというと決してそうではない。最近の人の行動がおかしくなったのは、根本の人間性と深い関係のある「道徳」を全くバカにし始めた結果、ただ漂流するだけの気ままな心情がまかり通るようになったからなのだ。

「道徳」とは、単なるお説教ではないのだ。人間関係を、最低限あまりこんがらかせずにやっていくための謙虚な知恵なのである。だから簡単に「浮気」を勧めたり讃美したり、「不倫」も当然だと言ったりするのは、現代風にものわかりのよさを軽薄に売り物にしているだけで、興ざめになるのである。

不倫も浮気も致し方ない場合は確かにあると私は思っている。この世には人間の想像できる範囲外まで、あらゆる成り行きが起きてしまう。

ただ一夫一婦制を前提とした社会では、こうした成り行きが反社会的なことだという常識を承認した時に、逆に初めて人間的になることもほんとうなのだ。何をしても自由なのだったら、何もドラマは生まれない。浮気が一過性の病気と同じようなものだというなら、交尾期の犬と同じことをしているわけだ。

不倫は大きな罪だと私は思っている。理由は簡単だ。

不倫によって一軒或いは二軒の家庭が崩壊に瀕することになるからだ。配偶者に裏切られた人たちは人間不信から生涯抜けられないだろうし、そこで育つ子供たちも平凡な家庭の幸せを奪われる。子供たちは（家庭）内戦（争）の犠牲者だと言ってもいい。そうした状況や結果を考えられない利己主義はつまり幼稚なのだが、幼稚な人は人間としてもあまり感動的ではないし、物語としてもおもしろくないのが、私には困るのである。

私は小説家でやはり非常識なところがあるから、心の中では人間はどんな突飛なこともやってしまうだろう、と若い時から思い続けてきた。ただその場合でも、自分の行動を周囲に是認してもらおうと思うのは卑怯だと感じていた。それは文学的でもないし潔くもない。つまり不倫や浮気は、反社会的で誰からも理解されない悪いことだ、とはっきり認めた上でやるべきことなのだし、その時、初めて文学的テーマにもなるのである。

同時にその時、人間的弱さも薄汚くなくなる。

しかし「私のしている浮気や不倫は、当節では当たり前の人間性なのよ。好きになってどこが悪いのよ」などと言われると、その甘さには私は少しうんざりするのである。

神なき人間はない

――人間は便利さより、不便の中で多くを発見する

日本では宗教は、科学的なものと真っ向から対立するもののように思われている。私も一応カトリックなので「ソノさんは、信仰と小説をどういうふうに分けているんですか？」と聞かれたことも一度や二度ではない。私は日曜のミサもよくさぼる劣等カトリック教徒なのだが、それでも考え方自体がキリスト教的なので、私の文学の中に少しでもおもしろく思われるものがあるとすれば、それは読者がカトリックの思想に敏感に反応しているからなのである。

毎年、障害者たちとイスラエルに旅行していると、イスラエルの社会全体が、日本では考えられないほどの強烈な宗教的な規律の中で生きていることがよくわかる。ユ

ダヤ教の安息日は金曜日の夕方から翌日の土曜日の日没まで続くのだが、その間は、その教えに明らかに反していることを表明している店やレストラン以外はすべて閉まってしまう。

一言で言うと不便なのだが、不便だからやめようなどという気持ちは全くない。なぜなら、その戒律の中でこそ、人間はまっとうに生きられるのだということを知っているからである。

日本の若者だったら、「そんな不便な規則を何で守るのよ」と言うだろうが、人間は便利さより、不便の中で発見することの方がずっと多いのである。

宗教を持つことは、日本では非理知的な人物像を示すが、ユダヤ教、キリスト教、イスラム教、ヒンドゥ教、仏教の世界では決してそうではない。それらの国では、入国のカードに宗教を書く欄のあることも多いが、何であっても、とにかく宗教を明示することは相手から見て望ましいことなのである。日本人のように「無宗教」と書く方がずっと危険人物扱いされる。

人間は誰もが悪いことをするのだが、まだしも宗教を持つ人の方が、良心や慈悲を持っていることの方が多い。淫らな行為にもブレーキがかかる。とは言うものの、一神教の中で一番いいかげんなのがキリスト教で、町に娼婦のいるのは、クリスチャンの国に多い。

「汝、殺すなかれ」という神の命令を受けたイスラエルでも、兵役はあるし、「信仰があるのに、人を殺してもいいのですか」とこちらが聞くと「殺戮はいけないが、正当防衛のためならいいのだ」と言う。英語で言うと、kill（一般の殺し）と、massacre（殺戮）は明らかに違うのだと言う。

エルサレム市内には、安息日も守らず、ユダヤ教徒もイスラム教徒も食べない豚肉を出すホテルのレストランもあるが、その場合は、これらのことは意識した抵抗として行っている。違反は抵抗の精神を培う。「宗教なんか何なのさ」と言う人が一番尊敬も受けず、対等に扱われない。そこが日本と一番大きく違う。

想定外の人生
——どんな困難の中でも人間であり続けること

「和」を意識するには、「和」が必要とされる社会の概念が存在する必要があるだろう。放っておいても、皆が仲よくしているのなら、何も和をもって美徳とする必要もないのだ。

この原稿を書いているのは、まだ三月半ば、厳密に言うと、東日本大震災の発生からやっと五十時間ほどを経た時点である。

この天災は不幸な事件だったが、これによって日本は、再び世界に名を上げる機会を得たと私は解釈している。原発問題は最終結論を出すのに少し時間がかかるだろうが、それ以外では、被災民とそれを支える社会の仕組みを考える点で、日本人が整然とこの天災に立ち向かう姿を見せたからである。

被災地の住人たち、それを救う自衛隊、警察、消防、他あらゆる人たちは、どんな困難の中でも人間であり続け、自己犠牲的であり、秩序を乱さなかった。彼らの中には、後になってＰＴＳＤ（心的外傷後ストレス障害）に苦しんだ人たちもいたというが、それでも彼らは任務をやり遂げた。何より災害時に、実に略奪も放火もどさくさまぎれの不当な利権や賄賂もはびこらなかった社会など、世界でほとんど皆無だと言っていいだろう。

分野を越えた組織が被災者に手を貸し、収拾のための手段を提供した。人々は逆上してもいず、絶望的な行動や暴力的な行為にも走らなかった。食事もガソリンもその他の救援物資も、自分に与えられる分を秩序正しく列を作って受け取り、時には自分たちの合意で分け合い、明らかな利己主義に走って分捕るような行為も見せなかった。

愛する人を失った人たち、家や家財道具のすべて、過去の思い出の品、職場までなくなった人たちは、もちろん暗澹たる心情だったろうが、それでも泣き喚くこともなく、必死で心の闇に耐えていた。日本人は抑制の利く民族であった。そしてこの種の心理の抑制なしに、複数の人間が関わるあらゆることは成功しないのである。

しかし、恐らく世界はこうはいかない。

私は今までに百二十数カ国を見た。ほとんどが途上国だった。アフリカだけで訪れた国は二十五カ国である。そのうちの多くが、もっとも貧しい国々の範疇に入る。

その中には民主共和国を名乗る国もたくさんある。最近のアラブ諸国の変動の波は、「民主化」と呼ばれている。しかしそれらの国は、決して民主国家でもなければ、私たちの意識するような民主主義を目指してもいないだろう、と私は思っている。中国が中華人民共和国と言いながら、その主役が人民ではなく、中国共産党員であるのと同じである。

何度も書いているのだが、民主主義は、安定した上質の電気が、国の隅々にまで供給されている国にしかあり得ない、という原則を持っている。それは私が中近東、アフリカと関わるようになってから発見した現実である。民主主義と電気とは、不可分の関係にある。電気が国の一部にしかないか、あっても始終停電したりしている国にあるのは、民主主義ではなく、族長支配の政治体制である。電気がなければ、立候補者の政治的な意図も公平に伝わらなければ、得票数の素早い結果も出ない。実に民主主義の基本の第一の要素は電気なのである。

電気の背後には、水がある。水は生命の基本的なものだが、同時に、きれいなエネルギーと言われる水力発電とも不可分の関係にある。日本は山があるおかげで水にも恵まれていることのありがたさを、普段の日本人は意識しない。しかし砂漠地帯に行けば、それはよくわかる。

すべてのオアシスは必ず特定の部族の所有であり、そこから所有者の許しなく一ぱいの水でも飲めば、射殺されても仕方がない場合のあることは、しばしば言われている。しかし日本人は散歩の途中、道端に誰の所有ともわからない水道の栓があれば、ちょっと一ぱい黙ってごちそうになっても、咎められもしないし命はおろか金をとられることもない。

しかし水は命の源なのである。だからその管理には、日本人の信じられないほどの厳しさが要求される。

前原元国交相は、八ッ《やん》場《ば》ダムを不必要だとしてダムの中断を決定した。その時の理由は、近年の統計を見ても、このダムの必要性は生活用水の面でも電力の面でも、必ずしも認められないということだった。

しかし水と電気の保有は、かなりの余裕があっても多すぎるということはない。東日本大震災発生以来、政府や気象庁や東京電力関係者が一致して言うことは、地震が想定外の規模だったということだ。前原元国交相の発言から、こんなにも早く「想定外」のできごとは起きたのである。それがむしろ人の世の常というものだろう。

ペットとの共生

――夫や子供がいなくなった時、ペットは人間と同じ存在

ずっと以前から、疑問に思っていたことがある。それは人間が道義的に経済的に、ペットを飼っていいのだろうか、ということである。

最近の新聞で中国のペット・ブームの記事を読んだ。中国のペット市場は最近急成長しており、年間約二千百億円規模の市場に近づいているという。

香港系の新聞「文匯報《ぶんわいほう》」によれば、国民一人当たりの国内総生産額（ＧＤＰ）が三千から八千ドルに達するとペット市場は活性化するという。上海市では近年一人当たりのＧＤＰが五千ドル近くになり、中国のペット市場は年々十五パーセントずつ伸びているらしい。上海市の登録犬は八万匹だが、現実には七十万匹が飼われているだろ

うというのも中国らしい。

私は雑種の猫を二十二年以上も飼ってしまった。獣医さんは二十四歳だというが、それは記録の間違いだろう、と思う。とにかく猫がそんなに長生きすると思わなかったのだが、二十年以上生きられるとこちらが先に死ぬ「逆縁」になって社会に迷惑をかけかねない。大して痛みもせず老衰で死んでくれて、私はほっとした面もある。

この猫はれっきとした雑種で、しかも二目と見られぬブスであった。しかし頭は悪くなかった。私たち夫婦はどれだけこの猫とお喋りをして過ごしたかしれない。

夏になると必ず食欲をなくして瘦せ細るこの猫に、私は時々こっそりアユを食べさせていた。この猫は舌が肥えていて、どんな時でもアユなら必ず食べたからだ。獣医さんのところに連れて行けば、必ず数千円かかる。しかし養殖のアユなら、二匹で五百円。一匹が二百五十円。二回、食欲がつけば、体力は大体回復する。獣医さんかアユか、どちらが安く済むか単純な計算だろう。

しかし私は長い年月、この猫に餌をやりながら矛盾を感じていた。

アフリカには、今日も食べるものがない人々がざらにいる。貧乏とは、今晩食べるものがないまま空腹をかかえて寝ることなのだ。しかし私の猫は、時間になると腕時計もないのに、必ず当然の権利のように、餌のお皿の前に座って待っている。私は彼女の料理人なのである。

しかし私の知り合いで、何人も心の傷をペットの存在で癒した人がいる。夫や子供がいなくなった後、ペットとだけ語り、ペットのおかげで散歩に出て健康を保ってきた人もいる。そういう場合ペットはもはや人間と同じ重い存在だ。

人間は誰かと一緒でなければ生きられない。猫も人間が傍にいなければほとんど長生きしない。ペットを経済効果として、或いは倫理的・道義的な存在としてどう考え、どう計算したらいいのか、私のような素人はほんとうに深く迷うところだ。

最後の一切れ

——二十数年、共に暮らした猫のボタ

私たち夫婦と二十二、三年も一緒に暮らした猫のボタが十月半ばに家で死んだ。前日獣医さんのところに食欲不振で連れて行った時には、「まだ大丈夫ですよ」と言われたというから、死因は老衰といってもいいのかもしれない。

ボタはもちろん雑種、東京で一番のブス猫と保証するシッケイな編集者もあり、シッポは里芋のよう。黒と白の縞も左右対称ではなく、パンダのできそこないに近く、そのくせ写真に撮られるのが好きで、私たちが撮影されていると必ず呼ばれもしないのに出てきてじっと傍らに立つという、イヤな性格でもあった。晩年は毛づくろいもせず、不潔なことでも東京一であった。

しかしイヤな性格でもいい性格でも、私たち夫婦は彼女と暮らした。私たちは毎日よく彼女と喋って笑った。夫とは「ディヤー・エネミー」という感じだった。

私たちはキャットフードというものを一度もボタに食べさせたことがない。一番安いブロイラーのささ身と、カツオのなまりが常食だった。贅沢させていることを恥じたこともあるが、私はささ身は必ず湯引きし、なまりもちょっと魚焼きの網で焼いて香ばしくしてやっていたから、専属の料理人としては好かれていた。朝は私たちが食事をしている時、必ず私の足に背中をすりつけて「こっちのご飯、忘れてるんじゃないの?」とサインを送ってよこした。

人の、いや猫の、もしかしたら三倍の長寿を生きたのだから、よかったと思っているが、彼女の餌として買ってあったカツオのなまりの最後の一切れが先日冷蔵庫から出てきた。

ブラジル育ちのお手伝いさんは「これは、どうしたらいいでしょう」と困惑している。私がいつも「どんな残り物でもお料理して使うのよ」と言っているので捨てられず困っていたのである。

それで田麩《でんぶ》を作った。昔は母は鯛を買ってきて素焼きにし、身をほぐして手作りの田麩を作ってくれた。買った田麩の方がピンクできれいで、お弁当のふたを開けた時見栄えがよかったが、私の中に母の田麩の味はずっと残っていた。

田麩はなかなかおいしくできた。ブラジル育ちの女性も「こんなふうに使えばいいおかずになるんですね」とびっくりしている。

今、多くの家庭で次第に料理をしなくなったというが、それは大きな人間崩壊に繋がるように思う。我が家の猫がそんなに長生きしたのも、生の素材に必ず手を加えて、しかも完全な塩なし食だったからだ、と思う。子供の健康にも、母親の手作りの料理が必要だ。

ボタの食べ残しのなまりの田麩は、我が家の食卓では貴重品として最後を飾った。

第二章

新しい発見を栄養剤に

視野を広げようとする努力が、
ひとりをおもしろくする

東風《こち》吹かば
——自分の人生でさえ、誰一人として予測できない

完璧主義者という人が世間にはいて、子供たちにも完璧主義を押しつけたがるようだ。洗濯をすれば洗い残しがないように、試験の時には何度も検算をするように言い聞かせる。もちろん悪いことではない。確かに理科系の仕事は、計算通りにことを運ばせることが目標だ。しかし自然科学系の精神や行動は、完璧主義ではうまくいかない。

私は講演の原稿を事前に作ったことがない。その朝、私の個人的な身の上に何か小さなことが起こっていればその話から始めるし、聴衆の中に私の知り人の顔が見えれば、その人に関する連想から話を進めることになるかもしれないからである。

いわばこの「思いの流露」が大切なので、事前に流れを決めたりしたら不自然なものになるのではないかと思われる。

東京の暮らしなど情緒のないものだが、私はもう同じ郊外の土地に七十五年以上暮らしているので、父母が植えた紅葉も甘柿も、百年に近い樹齢の木になっている。

今から二十年ほど前、一人の美老女が一鉢の枝垂《しだ》れ梅をタクシーに載せて現れた。どういう人が彼女に贈ったのか経緯は聞かなかったが、その梅は、数年の間にどんどん大きくなり、もはや家の中では鉢を動かすこともむずかしくなった。だから庭のある私の家で育ててやってくれ、というのである。折りよくその頃、庭仕事の好きな日系ブラジル人がいて、その人が枝垂れを庭の一隅に移し、年々大きく枝垂れるように数年の間形をつけてくれた。

二〇〇〇年の十一月に、元ペルー大統領のアルベルト・フジモリ氏は滞在中の日本で亡命し、その翌日から私の家で百日あまりを過ごすことになった。私たち夫婦はただ、当時空いていたプレハブの別棟を、フジモリ氏と同行の広報官という人に、お使いください、と言っただけなのである。

翌二〇〇一年の三月六日、フジモリ氏は、新しく日本での生活の場を見つけて、私の家をめでたく引き上げることになった。

私たちはそれまで我が家で写真など撮ったこともなかった。しかし警備の警察署長も一緒に、私たちは満開の枝垂れ梅の下で記念写真を撮り、夫は「東風《こち》吹かば匂ひをこせよ梅の花」の道真の歌をフジモリ氏に教えた。

人生とは何もかも意外なことだらけである。自分の人生の一部さえ、ほとんど誰一人として予測できない。予測できないから、時々こうした艶《あで》やかな別れを贈られるのである。

好きで得意な道を

——好きなことのない人が、一番危険

日本では、女性の社会進出が他国に比べて少ないのだという。私は社会のどの分野にも女性と男性が自然に混じり合っているのが好きだから、「女子会」などに声をかけられたら、出席を断るだろうと思う。女性だけを対象にした講演会も引き受けないのは、性差別反対だからである。

現代の日本で、女性の社会（政治）進出を妨げる要素はほとんどない。自分が病気だとか、高齢の舅姑がいるなどという場合は別として、子供が小学校に行くようになれば、政治の世界に出ていけない理由はない。それなのに、多くの人が美容とおしゃれにばかり関心のあるセレブ的生活をしたがるらしい。つまり日本人女性は政治に無

関心なのか、政治を魅力ある仕事と感じていないかどちらかなのである。

　親からの地盤を譲られた女性代議士の一人で、その当選や就任の挨拶の時、今までにただの一度も目の覚めるような勇気や個性を示す発言をしたことのない人がいる。私は毎回その言葉を特に注目して聞いているのだが、こういう人でも年月を経ると閣僚候補に名前が挙がったりする。世間が政治の世界にしらけた気分を持つのも当然だ。

　また或る女性政治家は「日本は非常に大きな格差のある社会だ」などと、全く事実と違うことを言って民衆を煽《あお》る。日本は世界の中で稀にみる平等で格差のない国なのだ。

　才能のない人が、名誉欲や権力欲でその仕事に就かれると社会が迷惑する。私は小説を書くことは好きでそのための勉強はしたのだが、それ以外のどんな仕事にも向いていなかった。

　人はめいめいが好きで得意な道を生きればいい。好きなことのない人が、実は一番危険で困るのである。

切り取られた空間、クルーズ
——豪華客船に住む老人たちの役目

私は物書きとして、人並みに偏見のある方だから、ごく若い時は別として、中年以後は、遊びで豪華客船の船旅《クルーズ》などしたことがなかった。こうした旅行を嫌った理由として考えられるのは、私が仕事の立場を利用して、取材という旅に馴れてしまったからである。取材は常に不便と、時には危険も伴ったが、その分だけ豪華な人生の手応えがあった。

今回、アメリカに住む大学時代の同級生が、もう私たちの年を考えると、あまり喋る時間もないかもしれないから、と誘ってくれて私はクルーズに出かける気になったのである。もっとも私的な事情を述べると、私は二月上旬にヘルペスにかかって、しかも順調な回復をしているとは言いがたい状態だった。しかし私の主治医や知人の医師たちは、旅の行き先がインドシナ半島からシンガポールまでの熱帯だと聞くと、こぞって行ってきた方がいいと言ってくれた。暖かい土地の方が私の体にも病気にも向いているはずだと言うのである。

それに私は最近、体にいいことだけをしないことにしている。敢えて寿命を縮めるような不養生もしないが、別に長生きしようとは思っていないからだし、痛みを伴う病気には、しなければならない仕事をするとか、外出や旅行を強行した方がいいこともわかっているからだ。

私が船旅を避けていたのは、一つには私の中に遊びの気分がほとんどないからであった。私は六十年間働いてきて、働くことが好きだった。小説を書くことだけではない。家事も、庭仕事も、料理もすべてがおもしろい。他人がお膳立てした「心地よい状況」などを楽しむような心境には全く馴れていなかった。

その船は「クリスタル・セレニティ号」といい、六万八千トン。全長二百五十メートル、十三階建ての豪華客船である。私はベトナムのホーチミン市からシンガポールまで、約八日間の旅を選んだのだが、初めてその船を畑の向こうに見た時は「ビルが見えた」と思ったものだ。

船の中には、日本人客の面倒を専門に見る女性がいたので、私はその人を通じて、船内の事情を少し詳しく教えてもらった。

その区間のクルーズに乗っていた船客は七百二十一人で、男女の比率はほぼ半々と言ってよい。多いのはアメリカ人の四百五十七人で、次に多いのがカナダ人の五十九人、英連邦が五十四人、日本人は二十八人である。他にブラジル人が三十一人、オーストラリア人十八人などがいるが、中国人は二人、香港人が四人で意外と少ない。

客に対して、乗組員は六百三十六人。甲板部とホテル部に分かれ、船を動かす甲板部が五十五人、残りがすべてホテル部である。

甲板部にもおもしろい棲み分けがある。船長はノルウェイ人だが、他の甲板部士官は主にクロアチア人。機関部も機関長はイタリア人だが、他の士官にはクロアチア人やブルガリア人など、東欧人が多い。油差《オイラー》しと呼ばれる機関部は、ほとんど全員と言っていいほど、フィリピン人である。

目立つのは、保安部が全員インド人であることだった。そう言えばシンガポールでも銀行や宝石店の警備員は、ほとんどがシーク教徒のインド人であった。食堂は給仕人を除くと、ホテル部の全員がフィリピン人である。彼らは祖国においた貧しい家族のために出稼ぎをしているのである。

私は自分が最高年齢者ではないかと思っていたが、聞いてみると、最年長の乗客は九十九歳の女性であった。この人に限らず、多くの高齢者が船に住んでいるような暮らしである。全財産を売って、全航海に乗っている人もいて、そういう人たちは、船がどこに着こうが、観光のための上陸などしない。外界に興味はないのである。

「船が定期検査に入る時はどうするのですか?」と聞くと、船の方で陸上のホテルを紹介するか、姉妹船のクルーズに乗り換えている。「それならば、陸上のホテルにいらっしゃればいいのに」と言いかけたが、船は毎日動いて、毎日違った自然の壮麗さを見せる。

朝一番の日の出を見る早起き人間のために、十二階の船尾のデッキには、まだ暗い五時から香ばしいコーヒーが出る。やがて朝日が日々新しい顔で昇る。本格的な朝食が揃うのは六時半からだ。

私は初め、上陸もしない人の気持ちがわからなかったが、次第に船に閉じ込もる気分もわかるようになった。ほんの五、六時間、その国の土を踏んだところで、その土地がわかるわけはないのである。バスの外では、子供がお金をくれとねだり、評判のはずの浜辺のリゾートは、いっこうに整備されておらず、海は濁り、買いたいようなお土産を売る店もない。そもそも途上国に楽しいツアーのできるインフラなど整備されていなくて普通なのである。そこでリピーターと言われる客は船内で好きなことをする。本を読む人と、夜のダンスに打ち込む人と、私のようにさっさと寝てしまう早寝型がいる。

もちろんその他に、映画も、手芸教室もある。ピアノの生演奏も、ジャズのバンドも入る。一人で乗ってくる女性客のために、プロの男性の踊り手も乗っているから、九十九歳の女性は毎晩ダンスをしている。

ロスアンゼルス発、アフリカの喜望峰を廻ってロンドンまで行く九十日間のフル・ワールドツアーだと、一番普通の部屋で一人約四百万円である。もっともその間、食費もチップも原則としていらない。ごく普通の程度のワインやビールは無料だし、洗濯は洗濯室で自分ですればいい。

ヨーロッパ風の食事のできる食堂はいくつかあるが、どれも非常においしいからだろうか、太った人が多いのが目立つ。私たちの部屋は、プロムナード・デッキと呼ばれる幅六メートルはあるデッキに面している階だが、そこを常時、数人の人が修行のように歩いている。デッキにはすばらしい木の床材がはってあるので、海風にさらされながらそこを歩くのは実に快いのだが、これほど太るのが嫌なら食べなければいいのに、というのが、私の率直な感慨だった。

今回初めて、私はここを家として住む老人たちの果たす役目を理解できた。彼らの多くは、夫が財産を残して亡くなった未亡人か、大会社の資産株を持つ富裕階級だという。その人たちが一日約四万円ないしはそれ以上の金を使うことによって、多くの中進国や途上国から働きに来ている船員の家族を現実として養っているわけだ。

途上国の援助の方法は貧しい国に学校や病院を建てることだけではない。こういうところでお金を使うこともあるのだとわかって、視野が広まった感じである。

或る修道女の生涯の一ページ

——憎悪の代わりに愛もある

二〇一三年十一月四日の産経新聞に、一人の修道女の訃報が載せられた。

根岸美智子さん。「御聖体の宣教クララ修道会」の修道女であった。若々しく見える方だったが、七十六歳だった。

もう何十日も前、私はシスター根岸の療養先に電話をした。病気は末期で、電話口にも出られないかもしれない、と聞いてはいたが、長い間待ったあげく、私は向こう側に細い切れ切れの声を聞いた。しかしそれは、もはや文意として繋がっておらず、私はシスターとの会話は不可能だと悟った。

私は「そのうちにお会いしに行きますからね」と言ったが、これは私のシスター根岸に示した最後の不誠実だった。私はその時、実はシスターを見舞うことを、瞬間的に諦めていたのだった。

シスターはおそらく痛み止めの薬で、救われておられる状態に違いない、と私は察した。とすれば、その時間のない状態を乱さない方がいいのであった。激烈な痛みからだけは解放されて、夢うつつでおられるなら、それが一番いい。

それに私は、シスター根岸と、もう現世で充分濃厚に会うという幸せを持ったのであった。何十年も友人や親戚として暮らしても、別に深く関わらなかった人もいることを思えば、私はシスターの生涯のすべてをかけた事業の、ほんの一部ではあろうと、深く繫がることを許された。私はそれで充分光栄であった。

シスター根岸と私の接点は、西アフリカのシエラレオーネという国が舞台だった。シスターはそこで長い年月、土地の気の毒な子供や被災民のために働いておられたのである。

シエラレオーネは遠いアジアに住む私たちにとっては、なかなか行きにくい土地であった。或る年、私はシエラレオーネに行こうとして、内乱のため、二カ月ほど前になって、急遽計画を諦めたことがある。シエラレオーネと日本を結ぶ一切の電話回線が通じなくなったからである。

　シエラレオーネは人口約六百万人余りの国である。一人あたりのＧＮＩ（国民総所得）は約七百十ドル。七万一千円で一年暮らす生活を日本人は想像できないだろう。平均寿命は男女共に五十歳にも達していない。乳児の死亡率が千人に百七人。夫婦が子供を九人生んでも、そのうちの一人は死ぬ、という確率である。

　一九九〇年代の約十年間続いた内乱について、私は詳しく書くことはできないが、その間に政府軍と反政府勢力と呼ばれる人々が、あらゆる残虐と破壊を繰り返した。子供たちの両手首や両足を切断し、少年には武器を持たせて戦闘に駆り出し、少女は拉致してレイプをし、その後も売春婦として使った。手足を切断する「アンピュテーション」という英語を私が覚えたのも、シエラレオーネでである。

「曾野さん、手を切られるのと、足を切られるのと、どっちがましだと思いますか？」

　とシスターは私に尋ねた。

「足でしょう」

と私が答えられたのは、自分が足を骨折した経験があるからであった。もちろん私の足の怪我は片方だけで、医療設備の整った日本で手術も受けられたのだが、その当時、私は両手が使えることで、どうにか自分一人で日常生活を続けることができた。

「そうなんですよ。足がなくても義足ででも歩けます。しかし両手を切られてしまったら、一生自分の大便の始末ができません」

とシスターは言われた。

シスター自身、この国に入国できなかった時代もあるというが、シスターはその間に糖尿病と闘いながら、決してシエラレオーネを捨てようとはしなかった。

二〇〇〇年の停戦合意以来、状況は少し変わり、日本から復興のためのお金も届けられるようになった二〇〇二年に、私たちのグループはシエラレオーネに入ったのである。

その時の私の秘密の役目は、現金の輸送であった。どこの国も内乱で車両を失っている。もともとトラックもバスも四駆も少ない土地が、輸送手段を失えば、復興の工程は始まらないのである。

私が働いていたＮＧＯ（海外邦人宣教者活動援助後援会）は、シスターの修道院に四駆を買うためのお金を日本から送金しようとしていたのである。

しかし驚いたことに、スイス銀行はその送金を引き受けなかった。シエラレオーネには莫大な債務があるので、先方国のどの組織に送ろうと、シエラレオーネに行くすべてのお金は、スイス銀行がおさえてしまう可能性がある、と親切な人が教えてくれたのである。

数カ月後仕方なく、私は自分のハンドバッグに約三百五十万円分のユーロの札束を潜ませて、パリ経由、シエラレオーネの首都フリータウンに向かうグループに加わった。

到着した時は天にも昇る嬉しさであった。これでやっと現金《げんなま》輸送の重圧から解放される。

シスター根岸とメキシコ人の修道院長と私は、何気なく院長室に入ってドアに鍵をかけ、窓のカーテンも下ろした。その密室の中で私は現金を渡し、受け取りをもらった。実は仲間の修道女たちを用心したのである。

彼女たちがお金を盗むと考えたのではない。人のいいシスターたちは、セコハンにせよちゃんと動く四駆を買える資金が届いた嬉しさのあまり、その日会うすべての人に、「日本人が、車を買うお金を持ってきてくれたのよ」と無邪気に喋る恐れがある。するとシスターの身持ちの悪い弟や甥が、仲間とかたらってその金を奪うのを目的に、その夜、修道院を襲う可能性もまた充分に考えられたから、私たちは用心したのである。

その当時、シスターの修道院は、内乱時の戦闘で二階の屋根を吹き飛ばされ、辛うじて二階の床が一階の天井になっていた。私たちはそれでも屋根のある建物に寝られることを感謝した。

内乱の中で、体だけでなく、心にも体にも傷を負った子供たちはいくらでもいた。国家がＰＴＳＤ（心的外傷後ストレス障害）を癒したり、対立して殺し合った部族間の憎悪を解消するような方策を立てる余裕はなかった。私たちは至るところで、手足を切られた無残な子供たちの姿を見た。

そうした子供たちを集め、教育し、憎悪の代わりに愛もあるのだ、ということを実感させる仕事は、すべてカトリック教会の手に任されていた。ここでもイタリアの宣教会が大きな働きを示していた。

私が知っているのは、シスター根岸の豊かな生涯のほんの一ページだ。しかしほとんどの人ができなかった大きな仕事であった。

最後の電話以来、私はシスターが一刻も早く残虐だったこの世から、「完全な優しさのうちにある主」の元に帰られることを、実は祈り続けていたことを忘れない。

観察の闘い

——相手を見極め、人生の闘いに穏やかに勝つ

私がこのごろ、時々ためらうのは、ほとんど何にも興味がない、という青年によく出会うことだ。もちろん友達が新しい端末でも持っていれば興味を持つし、理解も早い。しかし生涯かけて何をしたいということはないらしいのである。

昔私は、新しい大卒の青年が銀行に入ったと言うと、「それじゃしっかり勉強して、銀行サギができるほど、業務の通になってくださいね」と笑い、自分はコンピューターのプログラマーになりたいと言う若者に会うと、「それじゃ、国際的レベルのハッカーになれるくらいになってね」と言うことにしていた。ユーモアの全くわからない青年の中には、たまに顔をこわばらせるのもいた。最近の若者は、言葉を遊ぶという

ことも知らなくなっていて、私が悪事をすすめている、と思ったのだ。

私は銀行サギどころか税金の申告もできないし、私の生活に「エレキは入れていません」と言うほどＩＴの世界と無縁で暮らしている。こうした危険な励まし（？）は、自分が一番できないレベルの技術を若者に望んだだけなのだが、人生の闘いに穏やかに勝つためには、相手を見極め、観察するということが何事の前にも要るだろう。

人はごく普通の瞬間、何もしていない時でも、心理の癖を示すものだ。それをじっと観察していることは何よりおもしろいのだが、そのためには、好奇心や、生きる上で好きな道がなくてはならない。何も取り立ててしたいことも、なりたい職業もないという青年は、つまり外界に対する興味という「触覚」のようなものを失っているのだから、だんだん植物に近くなり、人間離れしているように見える。

動物の対決は、走る速さや、歯の力や、相手を脅かす力のある角《つの》の大きさや、俊敏性にかかっているのだろうが、人間はそれに、精神の複雑さが加わる。人間として生きる以上、その部分の訓練もしてほしいのである。

ピアノの上の真実
――直接見聞きしたこと以外、信じてはいけない

先日初めて知り合った音楽の才能のある高校生と、旅先でお喋りをした。

私はその高校生を半分専門家、自分は全く音楽と無縁の人間と思っているので、日本財団の関連財団である日本音楽財団が、ストラディヴァリウスを十七挺持っていて、世界中の演奏家に無料で使ってもらっている話や、日本財団の一階の「バウ・ルーム」という広間を利用して若手の音楽家に度々無料で演奏会を開いてもらっている話などをした。ストラディヴァリウスを預けている人たちには日本で年に三回演奏会を開いてもらう約束だが、そのうちの一回は全く無料で聴いてもらえるようにしている。

そのために日本財団はスタインウェイのピアノを買うことになってしまった。ヴァ

イオリンが名器なのに、いい加減なピアノで伴奏をするわけにはいかない。けちな私としては、搬入してすべて落ち着くまでに千六百万円もかかるピアノを買うことは痛かったのだが、これで毎月、千人くらいの人たちにいい音楽を聴いてもらえるようになったのだ。

そんな素人っぽい話をしていると、高校生は意外なことを言った。

「財団のピアノは、カバーもなしに手垢だらけになっているんですってね」

「カバーはかかっているはずですけど」

「ピアノには厚いカバーもよくないんです。日本は湿気が強いですから」

「それはそうでしょうね。でもうちがスタインウェイを置いているところは一年中空調がある部屋だから湿気は大丈夫だと思うわ」

「しかもピアノの上は、物置台になっているんですって？」

私はそれ以上確信を持って答えるのは止めることにした。ただ、次に財団に出社した時、私は玄関からまっすぐホールの奥のスタインウェイを見に行った。

美的観念からいささかも褒められないような定番の厚い黒いカバーが、ピアノにはかかっていた。さらに私は気がついていなかったのだが、その手前に簡単な可動式の柵もあって、ピアノの上には「ものを置かないでください」という注意の札も置いてある。ピアノは受付のお嬢さんの視野の中にあるし、あの重いカバーを取り除いて、ピアノの本体を手垢だらけにしたり、ものを置いたりするのはほとんど不可能な空気である。

それにしても何というでたらめな情報というものが流れるのだろう。人間は、自分が直接見聞きしたこと以外、信じてはいけないのだ。世間の噂、マスコミの記事、ついでに歴史小説も、それを真実だとして処世訓にしたりするのはやはりまちがいなのである。

旅にて

——権威や称号はなくとも「本物」は人を感動させる

私は今、障害者・高齢者のグループとイタリアを旅行している。高齢者でも元気な人がそうでない人を支える。何しろ何十年ぶりという酷暑の中だから、昼すぎの暑さは命とりの病気の元だということで控えているが、若者から中年の一団もいてくれて、この人たちが車椅子を動かす主力投手である。

東京では三、四時間しか眠れなかったのに、旅に出てから八時間も眠る。どうしたんだろう、気味が悪くなった、などという声も耳に入る。胸のあたりに見たこともないような筋肉がついた、という人もいる。

つまり多くの日本人は、だらだら汗を流して働くことがある、というまっとうな人間の営みを放棄していて、自ら病的な状況に自分を追い込んでいるのだとしか思えない。

ヴァチカンにしても、ミラノの大聖堂にしても、パドヴァの聖アントニオ教会にしても、その建物の見事さが出現した背後には、日本人の嫌いなさまざまな要素の存在を見ないわけにはいかない。

富の偏在による大パトロンの存在、親子何代にもわたって同じ仕事をし続ける職人層の存在、何よりも神への畏敬。どれも民主主義とか、人権とか、アメリカン・ドリームとかいうものとはほとんど無縁の存在である。別に大寺院はなくてもかまわないのだが、それらの理由を切り離してこうした建物を見ることはできない。

最近、日本のあちこちで、さまざまな建造物をユネスコの世界遺産にしようという動きがあるようだが、あれにも私は反対である。世界遺産の多くは、日本人が考えるようなちっぽけな名所ではない。けたはずれに大きなものでなければいけない。ピラミッドは確かに世界遺産だが、それに匹敵する規模のものなど日本にはないのである。

強いて言えば、その歴史的・文化的システムのすぐれている点で伊勢神宮だが、システムは世界遺産にならないという人もいる。

富士山より、アルプスだろう。箱根も非常に美しいところだが、中国四川省の九寨《きゅうさい》溝《こう》の湖水群を見たら、箱根などとうてい推薦できなくなる。

別に世界遺産などなくても、日本は充分に変化に富んだいい国である。他人に権威や称号をつけてもらわなくても、もしそれが本物で、深い意味があれば、見る人は必ず感動する。

すべての「作品」には、それを作る人たちの長い訓練期間と、その完成のために我を忘れる情熱がいる。イタリアの旅では、それを毎日のように見続けることができる幸福が待っている。何十年ぶりだと言われる酷暑もガマン、ガマンである。

国家の財産

——ホテルの夕食が二時間半かかる国で考えたこと

私は今、アフリカにやって来て、現在ウガンダのエンテベに滞在中である。アフリカに来ると、すべての生活の局面で私たちは再教育される。日本では、空港で預けた荷物は間違いなく出てくることに決まっているが、アフリカではそんな保証はどこにもない。

もっとも、私の荷物の一個が、まだふらふらと無賃旅行を続けていて届いていないのは、ロンドンのガトウィック空港の責任だということはわかっている。私が自分の荷物が出てくる度にバンザイを叫びたくなる癖がついているのは、手荷物操作が世界の多くの国でまだ決して完全にできていないので、出てきて当たり前、ではなく、出てくるとよかった！　と思うからなのである。

ウガンダはアフリカの中でも気候がよく、食料の自給可能な国と言われている。しかし田舎に行けば子供たちはまだハダシだ。電気も路線バスもない。字の読めない人は国民の三十五パーセントだというが、義務教育中に（ということは小学校一、二年で）もう学校に行かなくなってしまう子が多いのが悩みだという。家で耕作や牛飼いを手伝わせるのである。

当時私が働いていた日本財団は、この国で農業改革を支援していたのだが、農民の多くは「なぜ」そうなのかを理解しない。表土がなぜ大切なのか、土地の水不足という問題を解消するにはどうしたらいいか、日本人だったら基本から考える人が学歴に関係なくたくさんいるが、アフリカの多くの農村ではそうではない。

もっとも今では意欲のある地方の指導者もたくさん出ているし、婦人運動も盛んである。州の農業大臣は非常に知的な人であった。

けれど、これが農業改革運動の結果だというトウモロコシ畑なども、人の背丈の倍近くにも伸びて高さはバラバラだし、株間も一定でなく、ウイルス病も発生していたりして、この程度が誇るべき実験農場の結果なのですか、と日本人は言うに違いない。「なぜ」と「どうしたら解決するか」を考える癖のある国民を持っている、ということは、数字で表し切れない国家の財産である。

　ホテルでは夕食を頼むと二時間半はかかる。パンは頼まない限り持ってこない。悪気ではなく忘れているのである。これが首都で第一と言われるホテルの実態だ。しかしあくせくと餌のように物を食べ、急いで仕事に戻る日本人の貧しさをしみじみと考えさせられる時間でもある。

　ウガンダのあちこちに、民間資本の会社ができかけている。革を取るためのワニの飼育場や、花の生産農場である。そこに必ず外国人の共同経営者、技術指導者、マネジャーなどの姿がついて回っている。オランダ人、イタリア人、インド人などである。白人による経済支配の影である。

　再び「歴史は繰り返すのか」と恐れる人は、決して私だけではないだろう。

生ガキ闘争

——争いというものは損になるものだ

車椅子や視力障害の方たちと、毎年イタリアとイスラエルに「聖地巡礼」の旅行をしているのだが、昨年、パレスチナとの衝突が起きた数日後に予感がして、今回の旅行はイスラエルを避けることにした。前回も、パレスチナ側からスカッド・ミサイルが撃ち込まれたイスラエルの町から七キロほど離れたところでピクニックをしていたのだが、別に何ということもなかった。行こうと思えば今年も行けないことはないだろうが、素早く行動できない人たちをことさら異常な状況にさらす必要もない。

物質的な点だけを問題にするわけではないが、争いというものは損になるものだ。少なくともイスラエルは多くの観光客を失っている。

イスラエルの代わりに、今年はポーランドと、ミラノからルルド、スペインのサンチャゴ・デ・コンポステラへの巡礼路を辿ることにした。ポーランドでは、アウシュヴィッツと、チェンストホヴァにある「黒いマリア」への信仰に与《あずか》るためである。まだベルリンの壁があった頃、ポーランドの教会には、日曜のミサの時、ひざまずく空間がないほどの人が集まっていた。「苦しい時の神頼み」と言う人もいるだろうが、私は「苦悩は人を思索的にする」と思っている。今、ポーランド人たちは、それほどの思いをこめて教会には集まらないが、それでも午前五時四十五分頃から、数百人のティーンエージャーたちがミサに与るために「黒いマリア」さまの教会にやって来るのには驚いた。青少年を宗教教育から遠ざけねばならない、と思い込んでいる日本とは大きな違いである。

　イタリアからバスでフランスに入る時も、国境で停まることやパスポートの提示を要求されることはなかった。ニースに泊まった夜は夕食に氷を載せた大皿の上に、生ガキ、エビ、カニなどを山盛りにした海の幸を出してくれるレストランに行った。私は団体行動中は生ものを食べない。昔フランスでムール貝にあたったお嬢さんを、救急車で病院に連れて行ったこともあったので、それ以来、ほんとうは生ものを出してほしくないのである。

自己責任において生の貝を食べたい人はそれでいいのだから、私のだけカキに火を通してもらおうとしたら、ちょっと偉そうな食堂の主任が「うちのカキは大丈夫です」とてんで受けつけない。私たちのやりとりを聞いていたイタリア在住の友人は嬉しそうに「フランス人を変えさせるなんてできるもんですか」と言った。それでも私は生ガキを食べず、食べた人は何でもなかった。

日本の総理と外相は、こうした人々を相手にするのだから哲学をもってしたたかであっていただきたい。

政教完全一致

――自分の尺度で世界を見る危険

初めてイランに行った時には、非常にいい勉強をした。

私たち日本人の多くは宗教を、日曜日とか冠婚葬祭の時に限って効力を発揮するものだと思っている。つまり普段は、ほとんど誰もが無宗教に近い暮らしをしていて、たまたまその人をよく調べてみると、仏教徒だったりキリスト教徒だったりするという感じである。

しかしイランはそうではない。宗教がそのまま政治なのである。上級官吏は（すべてか一部かはまだはっきりしないのだが）宗教家である。

イマームというのが最高位でカトリックの法王に当たる。その下にアヤトラ以下いくつかの階級があり、ホメイニはアヤトラであった。アヤトラはヴァチカンの枢機卿に当たる、という。

旅の目的は、私が勤めていた日本財団が、ＵＮＨＣＲ（国連難民高等弁務官事務所）に対して、イラン国内に流入したクルド難民の医療保護のために百万ドルを拠出したので、その状況を見るためであった。礼儀を失しないように気をつけながら、お金を出したら口も出すのが当然だ、と私は考えているのである。

イランという国は約六千万人の人口に対して二百万人の難民を受け入れている。理由は複雑だが、イスラムは慈悲というものを大義名分にしている。

人口比率で言えば、日本だったら、四百万人の難民を受け入れることになるのだから、石油の価格が一バレル十ドル近くまで下がってしまっているイランとしてはなかなか大変なことである。日本財団が百万ドル出したって、一人当たりたった五十セントにしかならない。

そんなこともあって、イランでは内務省でホセイニ局長にお会いした。イランでは男女は決して握手をしないから、私は日本式にお辞儀をした。

ホセイニ局長は、ムラーという、カトリックだったら司祭に当たる宗教上の地位の方で、白いターバンを頭に巻き、私もヒジャーブという長い上着にスカーフで髪を隠している。

私の後ろから、ＵＮＨＣＲの現地事務所長のカナダ人が小声で、「局長はあなたの顔を見なかったでしょう。あれが女性に対する礼儀です」と解説してくれた。

イランでは、政治だけでなく、経済も司法も、すべて宗教上の指導者が握っている。政教分離どころか、政教は完全に一致している。一方、庶民は自分が所属する宗教上の指導者を自分で選ぶことができるのだそうだ。だから宗教家は檀家獲得に狂奔する。檀家が増えれば、政治的、社会的な権力が強くなり、集金力も増すからである。

そういう宗教家たちに対してイランのインテリはかなりはっきりと批判的である。人前で握手をすることはその反抗の一つの表れであるらしい。こういう現実の端っこなりとも知らずに自分の尺度で世界を見ると危険になってくる。

第三章

ひとり暮らしを支える心と体

静寂や余裕、ゆったりした時間を確保する

待ち時間を楽しむ
——老いてこそ輝く人生

今からもう二十年以上前のことだから、その時でさえ私は若いとは言えない年頃だったが、私は二人の編集者に新宿のゴールデン街というところに連れて行ってもらうことになった。私がそういう街へ行くのは、数年に一度で、「××のママ」という人の店に行くのももちろん初めてだった。

そのママは、話に聞くとコワイ人であった。客であろうと何であろうと好き嫌いが激しい。怒鳴ることもある。「ソノさんなんか多分嫌われるだろうな」と編集者氏に嬉しそうに言われて、私は嫌われたら逃げて帰ろう、と決心した。人から嫌われた場合、その人の視野から消えてあげるのが、一番穏やかな方法なのである。

店はお世辞にもきれいとは言えなかった。私は緊張していたので、店の中をほとんど記憶していない。偶然私はカウンターの前に座ってしまった。店内にはほんの四つか五つのテーブルがあったような気がする。

上目遣いに人を見る痩せたママは、若くはなかった。彼女は、用意したおつまみというか食べ物の小鉢を黙って私の前のカウンターに置く。店は彼女一人なのだから、お運びの人がいないのだ。私はそういうものをすぐ後ろに届ける役をかって出た。

その店では、知人に一人会い、「ソノさん？　ほんとうにソノさんよね」と足元を見られた。珍しいところで会うから、ユーレイではないかと思って足があるかどうか確かめたのだと言う。それほど私は、仕事以外にそういう付き合いをしない生活をしていた。

ママはコワイ人だから、その時何も言わなかった。しかし私は驚いたことに、ママのお眼鏡にかなったのだということを後で聞かされた。ママが私のどこを受け入れてくれたのか、私にはてんでわからない。ただ一方的に私はママを自然な人だと思った。人生で爪先立ちしていない。私もできることをして楽しんだ。後ろの席に小鉢を届けることくらいで、その晩その店のお客が楽しくなれば、こんな簡単なことはない、と思った。

このごろ年をとったよさをしみじみ思う。まるで短篇小説のような人生の片々がたくさん記憶にあって、そのどれもが、いぶし銀のように輝いているのである。

若い時には、いい人か悪い人か、好きか嫌いか、であった。しかし今では、どんな変わった人も、おもしろい、会えてよかったと思う。退屈な人は一つのグループだけで、「権力欲の強い人」と「有名人に近づきたがる人」だけである。他の人はどんな癖も楽しく思える。

時間の持つ味わいもわかるようになって、電車の待ち時間も、待ち人にすっぽかされても楽しくなりかけている。困ったことだ。

静寂を侵されない自由

——個人の思考や行動を守るための礼儀

特定秘密保護法案に反対する国会周辺のデモの怒号や叫び声を石破茂自民党幹事長が「テロだ」と言ったことが問題になっているが、私は昔から人の仕事や生活を侵す音響、臭気、干渉などは、テロではないが、一種の暴力だと思っていた。とは言っても、人は下手な歌も歌いたければ、雨だれみたいなピアノも弾きたい。夫婦や兄弟喧嘩をして、つい怒鳴り合ってしまう場合もあるだろう。しかしそれらは、ほぼ自分の占有する空間だけで処理が可能なものだけにすべきだと私は考えている。

私も今までに何度か、霞が関界隈の省庁の会議室で会議をすることがあった。それはそこにいる人たちの真剣な仕事の場であった。出席者は、それぞれに意見が違う。右も左もある。誰もがその場で考えをまとめ、発言をする。だからそれを外のデモ隊の騒音が乱すことは、私はやはり一種の暴力だと感じたのだ。

国会の中継などたまにしか見ないけれど、私は野次も非常に嫌いだ。歌舞伎の掛け声は、粋できちんと間も押さえており、しかも短くて観劇の大筋を乱さない慎みを心得ている。しかし国会審議中の野次は音声で人の意見を妨害する一種の暴力だ。そんな野蛮な世界に生きていなくて私はつくづく幸せだったと思う。

私の仕事場は、静寂が基本だ。私もたまにワーグナーなどを聴きながら書くこともあるが、その曲は他人から押しつけられたものではなく、私がその世界に没頭するために、私なりにその日選び抜いた曲である。

人は、自分の思考や行動を守るために、静寂を侵されない自由があると思う。世間は実に多くの考え方から成り立っている。その個人の自由を守ることは、最低の礼儀だと言っていい。

休ませてあげたい

――人間の能力の限界など、たかがしれている

口に出したくても言えないことというものがある、とこのごろ時々思う。

東京電力福島第一原発で事故の後始末をする人たちのことを私は時々考えるのである。事故の後始末の不手際が次々に出てきて、もぐら叩きそっくりに後手後手に回っている。東電は一体何をしているんだという人々の怒りも聞こえる。

悪い点はあっても、今あそこで働く人たちは、何よりも疲れ切っているのだ。そのことが私には気になってならない。

若い時から、私も疲労困憊するまで原稿を書いた。今は徹夜など、したくてもできないが、昔は夜通し書いたこともある。その過酷な創作の過程に耐えられたものだけ

が、作家として残るのだという人もいた。
疲れると、何より判断力を失う。誤字も、文脈の乱れも気がつかない。今でも私は書いた原稿を、翌朝読み直して送ることにしている。私の注意力が、いかに努力しても、動かないところまで衰えることはよくあるのである。

東電の現場で働く人たちを、せめて一週間、眠りたいだけ眠るように休ませてあげたい、と思う。そんなことを言えば、あれほどの無責任なことをしておいて、何を言うか、その間にも現場では、さらに汚染水が流れ出るかもしれない、と言われるかもしれないが、疲れた人たちはもう何が起きても妥当な判断ができなくなっていて、かえってつまらないエラーが増えるようになるものなのだ。

人間の能力の限界など、たかがしれている。疲れれば自然に、思考をやめる。新しい解決方法の展開など期待する方が無理だ。とにかく休ませてあげて、日本が原発の処理に関しても世界的な技術を見せたという結末にしてほしい。

緑の風の中で

——テレビを制限することで得る、すばらしい時間

　時々シンガポールに来て暮らすと、不思議と昔の生活に波長が戻ってくる。住んでいるのは三十年近くも経っている古いマンションで、私たちは六階の住人なのだが、南方の木は六階よりさらに高い。寝ていても緑のレースに包まれている。

　東京の私の育った家にも大きな柿の木や青桐があった。私はよく退屈して縁側に寝そべって本を読んでいたから、眼をあげれば柿の木と青桐が見えた。つまらない木だったが、心は安らいだ。シンガポールの大木はタンブスという木だという。

　ここに来れば東京からの電話がかからない。おかげで浴室の水漏れの音さえもよく聞こえる。上の階からメイドさんの好きなインド音楽が聞こえてくる時もある。昔の

私の家もアルミサッシ以前の木造家屋だから、外界の音がよく入った。「竹や、さお竹」も「金魚〜、金魚」も聞こえた。人生と隔絶してはいなかったが、静かで、私は心の健康を保っていた。

このマンションでは、私たちは居間にたった一つのテレビしか置いていない。ＮＨＫの放送は入るのだが、ＮＨＫは海外の邦人が見るだけのものと思っているらしくて、この電波が日本という国を海外に理解してもらう重要なメディアだとは考えたことがないらしい。日本版をそっくり流すだけである。朝のニュースでは東京と同じ交通情報をやる。どこが何キロの渋滞だなどという内容を海外で聞くと、ＮＨＫという組織はいったい何を考えているのだろう、と思う。

したがってテレビはあまり、というか、ほとんど見ない。するとすばらしい時間が捻出されるのである。

私はここでは昼夜を問わず、本ばかり読んでいる。少し腰痛があるので、時々ワープロから離れてベッドに寝転がるのだが、読書の量は信じられないほど増える。

今年の春頃、テレビの見すぎは若者を暴力的にする、というアメリカの調査結果が出た。私は根性が曲がっているので、こういう統計を素直にすぐ信じるということをしないのだが、十四歳の時にテレビを一日に三時間以上見ていた男女の二十八パーセントが、十六歳から二十二歳の間に何らかの暴力行為に走るという。男性だけに限ると四十五・二パーセントもが暴力行為を働いていた。これに対して一時間以内しかテレビを見ないグループの犯罪率は、五・七パーセントに留まったという。

　テレビは麻薬的かつ非現実的だから、苛酷な現実に対応し耐える力を奪って、いわゆる切れ易い性格を作るのだという。やはりテレビを制限するという原始的な方法は、教育の上でもっとも凡庸で有効な処置なのだ、と私は緑の風の中で考えるのである。

柔らかな時代
――活気ある文化は、遊びから生まれる

文藝春秋という出版社は昔から華のある出版社であった。人間にも華のある人と地味だから落ち着く人とがある。そのどちらの世界もそれぞれに味がある。

その華の部分に昔は地方講演会と文士劇があった。

私は一九五四年、二十三歳の時、芥川賞候補となって賞には選ばれなかった。当時の芥川賞というものの扱い方は今と違って地味なものだった。候補になったことだけは知っていたと思うが、選考委員会の日に、知り合いの編集者たちも集まって、お酒を飲みながら結果を待つというような空気は全くなかった。仮にこの時私が受賞していれば、比較的若い作家の誕生があったわけだが、取材に訪れる記者など一人もいな

かっただろう。文学というものは、そうした静かな日々の中でこそ、まともに育つような気がしている。

私が初めて「文春の講演旅行」というものに参加したのは一九六〇年のことだから、それくらいになると、私の名前も少しは講師として読者に知られるようになった、と社側が判断したのだろう。私が作家たちの人柄にふれる贅沢をさせてもらったのは、実にこの講演旅行だった。

文春の講演会は、大都市ではなくむしろ催しものの少ない地方に「文化的な空気を送り込む」ことが目的だったように思う。都会は総じて人の心もすれていて、講演会をやっても金儲けの足しにもならないと思うのか、「〇〇と××はてんで人が集まりませんなあ」という町が全国にいくつかあった。その一つが京都だったような気がする。私が好きだったのは人口三万とか五万足らずというような小さな町で開かれる時であった。のどかでいいのだが主催者側はいろいろなことを心配するものであった。行ってみたらちょうど田植えの真っ最中で、「町中が田んぼに出ているのに、何人入りますかなあ」と主催者は本気で気にしているのである。私は入ったって入らなくたって、別に大したことじゃないのになあ、と一向に自分の責任だとは思わないたちであった。

日程は二日か三日。夜六時頃から始めて、一人五十分か一時間ずつ。村の公民館、小学校の運動場なども使った。時代と共に、どの町にも同じような立派な文化会館ができたが、皮肉なことに、その機運と共に講演会も下火になった。文化とは、物質的な豊かさとはほとんど関係ないものなのだろう。

まだ初期の頃、鹿児島の講演の時、私が喋っていると、聴衆がくすくす笑いだした。私はハンケチで顔をぬぐい、顔に墨がついているとしても、どうして今頃笑われるのだろう、と不思議だった。数秒後にふと気がつくと、楽屋脇から迷い込んできた犬が、（西郷さんの銅像にあるような姿の犬だったが）全く銅像と同じような姿勢でのんびりと私の足元に座っていたのであった。

文春としてはどこでも町で第一の立派な宿屋を用意してくれたと思うのだが、それでも初期の頃は、まだ廊下にトイレの消臭剤の懐かしい匂いが漂ってくるような宿もあった。私はド近眼で、周囲の状況がよく見えない。宿屋の廊下の曲がり角もなかなか覚えないのだが、トイレの匂いのよくする方に曲がると、自分の部屋に辿りつけるので、ほんとうに便利だと思ったこともある。

講演が終わると、土地の名士と宴会をする。官民接待はいけない、などという縮かんだ思想は当時の世の中のどこにもなかった。土地の受け入れ先はそれぞれで、ロータリークラブや日本青年会議所のメンバーが世話をしてくれるところも多かった。

宴会では名産のご馳走を供された。私は父がお酒を飲まなかったので、酒席の作法も知らず返杯の習慣も面倒だったので、ほとんどお酌というものをしない気の利かない女を通したが、深く感謝しなければならないのは、こういう場所で料理を覚えたことである。私が五十歳を過ぎてから、突如として料理がうまくなり、今では毎日道楽としても台所に立つようになったのは、とにかくどこかでご馳走を食べさせてもらったからだと思う。

講師も二人か三人。中に人気漫画家が必ず入るという構成の時代もあった。漫画家の先生は壇上で即興の作品を描く。ああいう芸があるといいなあ、と私はいつも羨ましく思っていた。二日、三日と続く講演では、誰が一番に喋るかという順番は合議制や編集部の判断で決めた。自分は一番後で喋るべき重鎮だと思っていた人もいただろうが、私は早く終わって心理的に楽になりたい口だった。最後の人が終わって宴会になるのは九時近くだから、始まる前に軽食を摂る。今でも忘れられないのは、開高健（以下文中一部敬称略）、小松左京、私の三人の時だった。大体年もほとんど同じである。戦争中飢えを体験した世代で、戦前はまだ少年、戦後は半分大人であった。しかし「食の鬼」癖だけは残っている。朝は普通に食べて午前十時頃出発の時間になっても、開高健と小松左京の二人は部屋に入って何かしている。「いづうの鯖寿司」を食べながら「これはお十時」と開高健は言った。お昼は綾部の近くのすき焼きのおいしい店に遠回りして寄り、前日の会場で開高ファンがくれてそこまで大切にぶらさげてきた籠の松茸を切って出してもらった。お皿を見て開高さんは「何だか少し足りないような気がする」と言った。開演前にはまたお蕎麦か何かを食べ、夜は大阪の辻調理師学校で特別のフランス料理をご馳走になるという毎日である。酔うほどに開高さんは能弁になり、結果的に旧カナ遣いで喋り出す。「僕、おもふに」である。二人にご馳走を食いつくされるのが悔しかった私は、負けまいとして食べ、帰るとすぐに小腸炎になった。

講演会では文春の樋口進さんという写真部のベテランが、すべてを大人の眼で取り仕切ってくれた。川口松太郎、安藤鶴夫、私の三人の組み合わせになると、自然私が順番の真ん中に出て行って喋ることになる。この三人は生粋の東京人で（私は喋れないのだが）二人の紳士たちは生きのいい東京方言の最後の使い手であった。ＮＨＫ日本語とは全く違う「東京原人」「士人」の使う誇り高き言語である。今思うと一種の文化財だった二人の会話をなぜ音声として残しておかなかったのだろう、としみじみもったいなく思う。

安藤さんの題は『たい焼き』というので「尻尾の方まで、ずっぱとアンコ入ったたい焼き」という時、ずっぱにお腹の底から出るような力がこもる。この講演は、私のような思いつきで喋るのではなく、きちんと起承転結が決まっているので、私が舞台の袖にいる樋口さんに「後、何分くらい？」と聞くと「一分四十五秒」というような答えが返るくらいの名人芸であった。つまり樋口さんも名人だったのである。

私が芸者遊びや骨董店覗きを教えてもらったのも、川口松太郎氏からだった。川口氏は私の母と同年の明治三十二年生まれで、私はほんとうに可愛がられ教育された。新潟で鍋茶屋に寄ると、川口氏は「オイ、婆あ、まだ生きてるか！」と大きな声をかけながら長い土間を入って行く。眼の大きな粋な女将は、川口松太郎の長年のしゃれたガールフレンドという感じだった。その後で、二十人近い振り袖芸者を挙げて、天国のような遊び方を教えられたのである。

　文士劇は、秋に一度、行われるのだが、本気でうまい人と、てんで真面目にならない人と半々だった。今東光氏は、本番ぎりぎりの新幹線で上京してきて、いきなり舞台に出ると、自分のセリフとしては「聞いたか、聞いたか」しか覚えていない。坊主のセリフといえば「聞いたか、聞いたか」に決まっているのだ。その後はくるりと後ろを向き、プロンプターに「おい、それから何だ」とかなり大きな声で聞く。それがまた人気の的だった。

　私は芸無しだから、出演にはあまり気が進まなかった。女流作家でも有吉佐和子、平岩弓枝などはプロに近いのである。強いて言えば、私は子供の時、日本舞踊を習わせられ、ぜったいに才能がないということの保証済みの身だったが、踊りの基本には馴れていたからかもしれない。一九五八年の『助六』では、三島由紀夫の髭の意休、石原慎太郎の助六、有吉さんと私が花魁に扮し、深沢七郎も通人里暁の役で出ていた。その稽古は松竹本社の畳敷きの稽古場で行われていたのだが、その最中に時の皇太子と正田美智子さんのご婚約が発表されると、私の近くでテレビを見ていた深沢氏は美智子さんのことを「きれいな人だなあ」と感に堪えたように言った。この言葉と、後年深沢七郎が書いた『風流夢譚』という作品との心理的繋がりが、私にはずっと見えないのである。

川口氏とは『藤十郎の恋』でお梶の役もやった。原作は、子供の時から読んでいて大好きなものだった。川口氏は徹底して二枚目の藤十郎を演じたが、私は不真面目で、本番の時「あんまり銀座のバーにばかり行かないで……」と勝手なセリフをつけたが、川口氏は決して怒らなかった。

シャンソン歌手で推理作家でもある戸川昌子とも『白浪五人男』に出たことがある。戸川さんと私だけがずっこけていて、セリフを真面目に覚えなかった。私にすれば、あんな意味のない掛詞《かけことば》みたいなセリフは到底覚えられるわけがないのである。二人はアンチョコの紙を作ってそれを傘の柄に張りつけ、ちらちらと眺めることにしたのだが、こういうずるは観客にすぐ見破られ「目つきがおかしかったよ」と褒めてもらった。

こうした無駄なお遊びが消えた頃から、文学も衰亡期に入ったと思われる。文学が、人権のためだの、平和のためだの、と偉そうなことを言い出すとそれはもう真の文学ではなくなる。人権も平和も、作家が生な言葉で口にすべきものではなく、あふれ出る人生の断片を文学として昇華したものの中から、読者が汲み取るべきものである。その頃から柔らかな時代は去ったと思えばいいのだろう。

愛されるよりは、愛することを

——相手を糾弾し続けた戦後の「平和教育」

私は一応キリスト教徒なのだが、信仰上は実に怠惰でいい加減な暮らしをしている。自分があまり善良な暮らしをするようになったら、私らしくない、とさえ思っているのである。私は「悪事も考えられる」という能力において、時々だが世間で働く。兵《へい》站《たん》の仕事とはそういうものだ。

それなのに私を知らない人ほど、私が「敬虔なクリスチャンだ」と書く。そういうことだけは書かない方がいい。なぜならそれは「きれいな花」と書くのと同じで、表現力のないことの表れだからだ。花が美しいということを書きたい時は、読者が「ああ、それなら多分美しい花なんだろうなあ」と思うような描写をすべきで、「美しい」という結論を先に述べてはならない。結論を先に言うのは、文学ではなくて公文書なのである。

自分には信仰など関係ないと公言している人は、東日本大震災の後でも祈りなどというものは認めないのだろうと思っていたが、不思議なもので人々は集まればまず黙禱を捧げている。死後の魂など認めないと公言している人でも黙禱の時間は無視しない。

信仰の世界には、後年長くあらゆる人の立場を超えるような普遍的な影響を残す行動、魂を打つ言葉を書き残した人がいるのはほんとうだ。

祈りは、自分の力の限度を知る人間が書いた一種の自己告白だ。聖書にはたった一つ神が自ら残していったという「主の祈り」があり、それは壮大な規模を持つ哲学だが、今日ふれようと思うのは、あくまで生身の人間が書いた生々しい人間世界からの祈りである。

一一八二年、イタリアのアッシジの大きな織物商を営む人の息子として生まれたのが、後年、有名な修道僧になったフランチェスコである。彼は一種の放蕩者として育った。酒を飲み、パーティーを開き、騎士に憧れて裕福な父に人も羨むような立派なよろいや馬を買ってもらっている。

しかしその後に転機が来る。神の命令を聞いたフランチェスコは、今まで自分が住んでいた贅沢で浮ついた環境を一切捨てて、ほとんど乞食坊主のようになって、修道者としての道を歩きだすのである。今、全世界に広がるフランシスコ会士たちの修道服は、フードつきのだぶだぶの服の腰を荒縄のようなベルトで締め、サンダルを履いただけの質素な姿だが、これはフランチェスコがかつての遊蕩的生活を捨てた時、贅沢な服を脱ぎ捨てて文字通りの裸体になった時、傍にいた人があわてて着せた服と、傍に落ちていた荒縄をベルト代わりにしたものだという。それが修道会の制服になったのである。

途中の経過を長々しく述べるのはよそう。私が今日書きたかったのは、このフランチェスコが書いた有名な「平和の祈り」である。

「私をあなたの平和の道具としてお使いください。

憎しみのあるところに愛を、

いさかいのあるところに許しを、
分裂のあるところに一致を、
疑惑のあるところに信仰を、
誤っているところに真理を、
絶望のあるところに希望を、
闇に光を、
悲しみのあるところに喜びをもたらすものとしてください。

慰められるよりは慰めることを、
理解されるよりは理解することを、
愛されるよりは愛することを、
私が求めますように。
なぜなら私が受けるのは与えることにおいてであり、
許されるのは許すことにおいてであり、

我々が永遠の命に生まれるのは死においてであるからです」

この祈りはまるで今日書かれたもののように私の胸を打つ。どの職場でも日常の生活でも、この祈りが「効かない」場所はない。

戦後の教育は、ことごとくここに書かれている姿勢とは反対であった。

「憎しみのあるところには裁きを、
疑惑のあるところには徹底追及を、
誤っているところには謝罪を、
闇や悲しみをもたらす政治には拒否を」

であった。自分がその解決に、まず一枚噛むという姿勢ではない。しかも解決はいつも他人がしてくれるべきものであった。

「悲しみがあれば慰めが用意されるべきで、
理解されない時はあくまで理解を要求し、
愛したりすれば損をするから愛されることを求め、
受けるのは当然の権利で、国民が与えることを国家は期待すべきではない。

こちらが許すのは、相手が許してくださいと言った時だけだ」だったのである。フランチェスコの「平和の祈り」と、たえず相手を糾弾する姿勢をたたき込んだ戦後の平和教育と、どちらが和をもたらすのに有効か、時々考えるべきだろう。

魂の輝く時間
——思考が内向きになった時、精神は燃え上がる

たいていの日本人は電気のない暮らしなどしたことがないから、夜の時間の尊さなど、実感したことがないだろう。

私がそのことに気がついたのは、初めてのサハラ砂漠縦断の時だった。もちろん夜は、ただ砂の上に寝袋を置いて寝るのである。

砂の海に入って数日目に、私はいくつかの「違和感」を日記に書きつけた。私は健康だったので、肉体的に何も辛いことはなかった。しかしいくつかの予期しなかった「違和感」はあった。その一つが、夜の時間を使えないことだった。

もっとも私は昼間、六時間以上運転を割り当てられて、ほどほどに疲れている。だ

から眠れないのではない。しかし私は夜、日記をつけることを義務のように感じていた。

昼間は単調そのもので、何の変化もない。とにかく三百六十度、見渡しても、人も村も何もないのだから、日記につけるべき変化がない。その変化がないということを、一日が終わってから記録することは必要だったのである。

私は炭坑で働く人たちなどが頭につけているようなヘッドランプの光で、日記を書いていたのだが、つくづく柔軟で人間的な思考の広がりは、満遍《まんべん》ない光が、お互いの顔や部屋全体を照らすような空間でないと無理なような気がした。

アフリカの田舎の、電気がないので弱い自家発電の明かりの下で暮らす日本人のシスターたちは、決して生活の不平を言うような人たちではなかったが、たまに笑いながら言うことはあった。

「修道院の連絡の集まりはたいてい夕飯の後にやるんですよ。昼間はいろいろなところに働きに出ている人もたくさんいますからね。でもこのごろ、皆老眼がかかってきて、細かい字が見えなくなったの。ことに数字が見辛くなったんですよ。それで連絡の集まりは昼間にしようかという話も出てるんですけど。日本人にとっては、夜の時間が使えないってことはほんとうに不便ですね」

夜の時間は、人間たちにとって、魂の輝きを見せる時なのではないかと思う。思考が内向きになった時、その人の精神は燃え上がる。外向きになっている昼間だけでは、外部から取り入れる刺激をまだ充分には消化しきれていない。

人間が人間になったのは、多分電気を得て夜の時間を使えるようになってからなのだ。

後半生の道楽

――食べるだけ採るという贅沢

私は土いじりなどに全く興味のない性格だった。五十歳を目前にして視力の危機に直面して、もしかするともう小説は書けないかもしれない、と思うまでは……。

その時、私は六本の連載をすべて中断した。二十三歳で一応原稿料をもらって書くようになって以来初めての挫折である。

何にもすることがないので、私は三《み》戸《と》浜《はま》と呼ばれる海辺の別荘に住みついていた老年の「バァバちゃん」の手伝いをすることになった。この人は、私の祖母ではないが、幼時におっぱいをくれた人で、私の息子もまた一時面倒を見てもらったので、我が家では祖母のような感じで見られていた。

この人は天性の農婦であった。生命を蒔くことに体も心も動く人である。彼女は私が初めて海の別荘に連れて行った時、庭に仁王立ちになってふくれっ面で言ったのである。

「もったいないねえ」

つまりこんないい土に芝生を生やすなどということは、考えられない無駄だと言うのである。それから彼女は言った。

「わたしゃこのうちに住んでもいいかね」

いいも悪いもない。私たちにとっては普段空き家になっている家にバァバちゃんが住んでくれるというのだ。ありがたい限りだった。

読書さえもできなくなった私は、この海の別荘に引っ込んだ。悪いからバァバちゃんの手伝いをする、とは言ったが、実は私は「目視」でドジョウインゲンを収穫することさえできなくなっていた。茎と実を判別できないので、私は手さぐりで実を採った。しかしその時、私は初めて農作業に従事したのだ。

それ以後のことだ。私はいつの間にか畑が楽しくなった。もっとも小説が私にとっては第一の仕事だったから、本格的にしたわけではない。蜜柑の苗木は植木屋さんに植えてもらったし、キウイの剪定も土地の農家の人に頼んだ。私が熱心にしたのは、タマネギを苗から作ることと、青菜、ことにリーフレタスを年中作ることであった。夫は晩年、毎朝大きなサラダボウルいっぱい生野菜を食べた。私は体が冷えるたちなのでほんの少しつまむだけだった。

　サラダ菜は種類もたくさんあるが、作るのに楽だし、暑い時期以外はいつでもできる。それに庭先の畑にできていれば、食べるだけ採るというささやかな贅沢も許された。タマネギは、秋に苗を作る。毎年ヤキトリの串くらいの細い苗ができる。その心もとない苗でも、植えれば春には突然太り出してけっこうな玉になる。

　こう書きながら、私はほんとうはこの原稿を書く資格がないことを感じている。私は一九九五年から二〇〇五年まで日本財団の会長に就任した。無給だから引き受けたのである。その時、第一の仕事は小説を書くこと、第二の仕事が会長職です、とはっきり言い切った。私は週に一度財団に顔を出せばいいという約束だったが、結果的には二日ないし二日半くらいは出勤していた。二日間財団でほぼフルに一日働き、後の五日間うちで書く仕事をすれば、正直なところ畑などする余裕はない。だからその頃から、私の畑仕事は次第に人任せの恥ずかしいものになっていたのはほんとうである。その上、私は六十四歳と七十四歳の二度にわたってごていねいにも左右の足の、それも足首ばかり二度折った。二度目の骨折は、最初の時よりひどかった。私が寝たきりにならなかったのは幸運であった。

　ここのところ私は畑の話をする時「半人前どころか十分の一人前くらいしか働いてませんから」という言い訳をしているが、実はもっと無能なのである。しかし私はいつの間にか、畑については詳しくなっていた。ソラマメにアブラムシがたからないようにするには、てっぺんの芽を摘めばいいのだ、ということはずいぶん後になって知った。

　今私の家の畑や庭を見てくれているのは魅力的なグループである。海上自衛隊やマグロ漁船や高圧電線の設営に働いてきたような有能な人たちで、「定年退職したら二度とカナモノにさわるのはよそう」と思ったという人たちなのである。

　その人たちの「本職」はボランティアなのだ。男手もお金の余裕もない老人家庭の生け垣などを刈ってあげる仕事である。或いは市民の家庭菜園の指導をしたりするのが任務だ。そこへ私が恐る恐る頼み込んで面倒を見てくださいとお願いしたのである。

今私の海の別荘には、蜜柑の木が二十本以上あって、柑橘類は四、五カ月に半トン近く採る。畑は二、三十坪。カボチャ、ナス、サトイモ、ダイコン、エンドウ、アスパラガス、ヤマイモの実、トマト、野ブキなど、たいていのものが季節に合わせてできている。タラの芽も採っているし、渋柿もなるはずだ。渋にしたのはカラスに齧られないためで、私は渋柿のさわし方をちゃんと覚えた。東京の庭の畳六枚ほどの畑は、コマツナ、ホウレンソウ、レタス専用だが、塀の傍には三つ葉とミョウガ、池にはクレソンも生えているから（クレソンは清流でなくとも育つのである）、精進揚げの材料くらいは田舎の家みたいに調達できる。

野菜だけでなく花も植えた。海の別荘には南アの国花であるプロテアが育っている。プラシの木や極楽鳥花やブーゲンビリアなど、日本に少ない木を集めて植えたのも定着した。今年は東京の家の木の下にユリの球根を百個近く入れた。これで花屋さんから花を買わなくて済むというケチの精神も生かせる。

自分の口に入る食べ物が、どんな経過で作られるのか元まで知っていると甘い消費生活に走らない。ただし素人の畑仕事は楽なものだ。不作でもくどくどと言い訳をしていれば済む。そして専門の農業がいかにむずかしいことか、ということもしみじみわかる。

原価を考えれば買った方がいいかもしれないが、やはり野菜は新鮮ならおいしいから作っている。その結果、私は料理も好きになった。怪我した足が動かない時でも料理は毎日した。立ってする料理は足の傷の回復期にはあまりよくなかったが、それでも私はしょうこりもなく畑と料理に執着して生きていた。

電気的筆記用具

——発明の力が生み出した革命的な恵み

作家の仕事に必要な道具ほど簡単なものはない。紙と筆記用具と平面さえあれば、どこででも書ける。コーヒーショップのテーブルの上であろうと、新幹線の中であろうと、どこででも書けるのがプロの作家だと私は思っていた。しかし神経質な作家も当然いるわけで、揃えてある鉛筆の削り方一つでも気にいらないと仕事が進まないという。私は作家なら神経質でも許されるだろうと思う甘えた心理が好きでなかったので、少しずつ自分を鍛えているうちに、自然にどんな場所でも雑音の中でも書けるようになってしまった。

しかし私には初めから別の弱みがあった。生まれつき強度の近視のために、恐ろしく視力がなかったのである。幸いにも日本では、常にトップクラスの医学的技術の恩恵を受けられたから、私は常に眼鏡を調製してもらい、後にはコンタクトも使ってみたが、根本的な解決にはならなかった。

私はいつも首を机の面に水平に近く傾けて書いていたために、重い首を宙づりにする姿勢を取らされていたのである。首と肩の凝りをとるために鍼に通いマッサージを受け、かろうじて職業病と闘って数十年が過ぎた。

一九七〇年代の後半だったと思う。私の男の友人の一人が初めてワープロなるものを買った話をしてくれた。それは畳一枚分くらいの面積を取る巨大な機械で、確か四百万円くらいしたのである。その機能を聞くと羨ましくてならなかったが、そんな高い機械を買う気にはとうていならなかった。私たち夫婦が初めてワープロを買ったのは八〇年代になってからである。当時、機械の大きさは充分にデスクに載るくらいに小型化されていたが、値段は百二十万円くらいした。ほとんど軽自動車と同じくらい高価だったのである。

しかしそれは私にとっては革命的な筆記用具であった。昔の英文タイプライターは、ミスタッチをすると消しゴムで消さねばならなかったし、文章の位置を入れ換えるなどということもできなかった。

何よりも私にとって画期的だったのは執筆時の顔の角度が、今までより九十度上がったことだった。それによって私の頭は背骨と頸椎の真上に位置するようになり、頭蓋骨全体の重さを頸椎だけで支える必要がなくなったので、頭痛も肩凝りもほとんど取れた。電気を使う個人的筆記用具の普及はやはり革命的なことで、そのおかげで私は長い年月書き続けることができるようになったのである。

こたつの学習

――茶の間での会話が、子供に人生を理解させる

「いつまでも若く」「死ぬまでぼけない」などという標語と共に、活動的な老人になろうとする動きが盛んなことは賛成だが、そのためには子供のうちから鍛えておかねばならないことがあるのではないかと思う。

まだ幼い頃、一人娘の私は主に八畳の部屋で親と一日中過ごしていた。夜はそこに布団を敷いて寝る。ご飯は食事の度ごとに、ちゃぶ台と呼ばれる折り畳み式の足のついている台を出してきて、その上に茶碗やお皿を並べた。食べ終われば、台を拭いて足を畳み、壁の決まった場所に立てかけておくのだ。省エネではない、省スペースの典型である。

冬は掘ごたつを開く。畳の一部が予《あらかじ》め切ってあって、床下の部分に炉ができている。母がよくおきた炭をついで、上にこたつのやぐらを載せ、その上に布団をかけて皆が足を突っ込む。至福の時であった。父が留守で母と二人だけの時など、その小さなこたつやぐらの上においた台の上でご飯も食べたし、宿題もした。

冬のこたつは、社交の場でもあった。友達が来ても、こたつの上で焼き餅や蜜柑を食べる。母の友達が来てもそこへ通されるが、私も一隅においてくれる。私は本を読むか宿題をするふりをしながら、実は大人の話を興味津々で聞いていた。

子供が子供部屋で孤立しないということは、実に大きな意味を持っている。親たちは子供には気を許して、世間話に熱中していた。嘘つきは悪いという話。お金に関してケチな人とだらしのない人の話。世渡りなるものの機微。男女の関係が家庭に悶着をもたらす経緯。学校の成績が悪くても魅力ある人の秘密。この茶の間の話と読書が、私にすべての人生理解のスタートラインを教えてくれたと言ってもいい。

今はすべてこの逆が行われている。自分だけの自室にこもる子供は、大人の世界を覗く機会もなく、しかもコンピューター依存の生活は人と交わらないから、大きくなっても実人生の洞察力を持たない。会社の人間関係も外交の駆け引きも何もわからない大人になって当然だ。活力のある老後を送るためには、多分子供の時からこの手の学習をしなければならないのである。

第四章

自分自身の芯を鍛える

ひとりを満足できるかどうかは、
精神の強さにかかっている

私の「格闘技」

——読書が、自由で解放された人生をもたらす

知人の奥さんに或る時、「何をして楽しんでいらっしゃるの？」と聞いたら、「格闘技です」という。ああ時代が新しくなったと感じて、嬉しくなった。

社会の道徳心が保たれること、厳正な警察の機能が働くことなど、すべて大切な要素だが、日本以外の外国だったら身をもって自分を守る力が要求される。健康も平和も、すべて人間の身の上に起こることは他人任せにしないで、八十パーセントまで自分の責任と思って知恵と体力で対応しなければならない。それに加えて実はもう一つ、自分を守るもっと柔らかい方法があると私は思っているのだが、それは表現力を磨くことなのだ。今の若い人たちの中には、日本人でありながら、日本語の読み書き会話

がどれも一人前にできない人が増えてきた。読書をせず、スマホとゲームにのめり込んで、友だちと生の付き合いをせず、手紙など書いたこともない、つまり文章を書いて自分の思いを伝える能力をまったく持ち合わさない人たちである。

私は一九九五年から約十年間、日本財団で働いたのだが、その間、私が目指したのは徹底した情報公開だった。誰が、いつ、どこで、何をした、何の目的で、いかに……という六項目を常に示して財団の活動を伝えたのである。人間だから失敗もある。現在はここまでしかわかっていないという制約もある。それを徹底して、人間的な側面も添えて公表し続けた。記者会見の時、笑い声が起こることもよくあったが、それは嬉しい反応で、私は防御的な気持ちにはなったことは一度もなかった。つまり私のたった一つの「格闘技」は、表現力だったのである。

子供も中年も読書をしなければ人間にならない。テレビやインターネットの知識と読書のもたらす知識とは全く質が違う。さらに日本語の文章を毎日書き、よく人と語らなければならない。その訓練をした人だけが将来、自由で解放された人生を送るのである。

夜の星に見守られて

——人間の仕事というものは、命を賭けるもの

二〇一二年で、私は海外邦人宣教者活動援助後援会（ＪＯＭＡＳ）という小さなＮＧＯを作って四十年になる。

約四十年前、韓国のハンセン病の患者さんたちの村の経営を助けるようになった時、「村長」の李庚宰《イキヨンチエ》とおっしゃる韓国人神父に初めてお会いした。私より少し年上で日本領時代の朝鮮に育たれ日本語も達者な方だった。

或る日、神父は私の家を訪ねて来られ、患者さんたちの食堂の建設費六百万円を集めてくれないかと言われた。その瞬間、私が頭の中で、私の友人の流行作家にその半分の三百万円を出してもらおうか、と考えていると、神父は言われた。

「曾野さん、こういうお金は一人の人に出してもらわないようにしてください」まさに読心術である。私がとぼけて「どうしてですか？」と聞くと、「人を助けるというようなすばらしい機会は、一人の人に独占させないで多くの人に分けてあげてください」と言われた。信仰の心髄に触れた言葉だった。

それから数年して、私はマダガスカルに行った。マリアの宣教者フランシスコ修道会のシスター遠藤能子《よしこ》さんが、首都から二百キロ近く離れた土地の産院で、助産師として働いておられ、その仕事を教えてもらうためだった。

その頃のマダガスカルは極貧の状態だった。保育器の温度調節装置は壊れている。酸素ボンベの補給はできず、乳児用の粉ミルクも洗濯石鹸もない。シスターは私のような友人たちから来た手紙の航空郵便用の薄いレターペーパーを切って、薬包紙に使っていた。

しかし赤ちゃんたちは、シスターたちの産院でだからこそ、安全に生まれてくる。徐々に町の貧しい人々にも衛生観念ができてくる。シスターによって命を繋いだ赤ちゃんはどれだけの数になったかしれない。

南アフリカ共和国では、フランシスコ会の根本昭雄神父が、ヨハネスバーグの郊外にあるセント・フランシス・ケア・センターというエイズ・ホスピスに住み込んで、患者たちの面倒を見ておられた。私がＪＯＭＡＳの仕事の上で最初に根本神父とお会いした時、私たちの組織が受けた要請は、そのホスピスに霊安室を作ることだった。ホスピスはヨハネスバーグの普通の中産階級の家だったが、ベッド数は三十で、死者は毎月三十人は出る。ということは、毎日一人は亡くなるという厳しい死との闘いだった。それなのに、遺体を置く霊安室もなく、亡骸は家族が引き取りに来るまで、シーツにくるんでベッドにおいておく他はなかった。隣のベッドにはまだ生きている患者がいる。あまりにも残酷だから、至急霊安室を作りたい、と神父は言われたのである。

　私たちは神父に二百数十万円の現金を渡し、数カ月後に、一度に八体を保管できる冷蔵庫つきの霊安室ができた。

　今はアメリカの財団が薬を配るようになったが、当時の南アのエイズ患者たちは、肉腫、肺炎、下血などで、一月に十二、三キロも体重が減るような厳しい痩せ方をし、骸骨にようやく皮がかぶっているという感じの顔つきをしている人が多かった。感染を恐れた親たちからまで見捨てられた人たちが、セント・フランシス・ケア・センターに拾われて、やっと人間らしい環境でベッドに横たわることができるのだが、穏やかな空気のホスピスにいられるのが、たった半日かせいぜいで一日という人も少なくはなかった。厳しい嘔吐がくると、たいていは数時間で死が訪れる、と神父は説明しておられた。

根本神父は、私と同年生まれ。数日だけ私の方が姉であった。二〇〇七年夏、神父は帰国後なかなか夏風邪が治らないという知らせを受けた。お疲れが溜まっているんでしょう、と初めは言っていたが、それは悪性の結核だということが間もなくわかった。エイズ患者の多くは結核にもかかっていたから、身近で世話をしておられた神父は、あらゆる薬に対して既に抗体性を持っている菌に感染したようである。

神父は清瀬の複十字病院に入院され、間もなく意識不明になった。感染力が強いので、見舞い客も自由には会えない。でも五分ずつくらいの入室は許されて、私は二度お顔を見に行った。エイズ・ホスピスでも私は患者たちの足をさすることしかできなかったが、話をされない神父の足をさすることが、その時の唯一の会話だった。

根本神父は翌年の二月、シスター遠藤は二〇〇六年にマダガスカルで亡くなった。人間の仕事というものは、ほんとうはすべて命を賭けるものだ、という思いが、今の私には強い。

その後も何度か、私はアフリカ大陸の上を夜行便の飛行機で飛ぶことがあった。真夜中には、翼の下の方までが星空だ。その壮観な夜空はその方たちの柩を覆う永遠の掛け布のように見えた。私はその時アフリカで命を落とされた何人かの宣教者たちの魂に再会しているような思いになったのである。

彗星の恋

——焼き尽くすほどの恋に溺れれば、必ず火傷する

私が子供の時から天文学にあまり興味を示さなかったのは、言い訳になるが、強度の近視で、星などまともに見えたことがなかったからだ。自分が広大な星空の下にあると思えたのは、ちょうど五十歳になる直前に眼の手術を受け、かつてなかったほどの視力を贈られてからである。

　人生が見えるようになった私は、五十二歳の時にサハラ砂漠を縦断し、砂漠にとりつかれ、後半の人生をごく自然にアフリカと関わりを持って過ごした。

　二〇一三年十二月にアイソン彗星が地球に近づくというニュースに少し興味を持ったのは、よくなったはずの私の眼で、それが少しでも見えるのかどうかという、ただ

それだけの興味だったのである。しかしこの期待の彗星は、「太陽にもっとも近づく近日点に到達する前に崩壊し、蒸発したと考えられる」という発表があり、多くの愛好家たちをがっかりさせた。

アイソン彗星は簡単に言うと一種の氷の塊なのだ、という。それが太陽に近づき過ぎれば、融けてなくなる、つまり自滅するのも当然だ、と解説してくださった人もいた。

私はこの説明を人ごととは思えずに聞いていた。

世の中には「危険な恋」や「近づきすぎない方がいい間柄」という存在がある。どちらもほんとうは相手が好きなのだ。近寄って行きたいのだ。しかしこうした恋の周辺を考えると、自分が相手にとって、どうしても迷惑な場合もあるのだということもわかる。

多分私は利己主義で、自分が傷ついたり、死んだりするのは、嫌なのだろう、と思ってはいるが、一方で私は、ほんとうに好きな恋のためなら、多分死ぬのもいいとも思っているのである。

ただ私に今までそんなドラマチックなことが起きなかったのは、私の中に分裂したものがあって、書くものでは、思いきり自分をさらけ出す心の用意もあるが、実生活では世間の片隅にひっそりと生きるのもわりと好きだからであった。太陽は明るく輝く眩しく熱い存在だから、その近くに寄っただけで危険なことだとは最初からわかっている。焼き尽くすほどの恋に溺れれば、必ず火傷する、と昔から人は言ったものなのだ。

それに自分だけが燃えてなくなるならまだいい。しかし時と場合によっては、死ぬほどの思いで近寄ったら、相手に迷惑がかかるだろう、と私はいつも恐れている。

逆らいをためらわない
——判断を世間の常識に合わせることはない

私が働いているNGO（海外邦人宣教者活動援助後援会）が、ペルーのリマにある日系の老人ホームの建設のために、或る年一千万円の資金を送ったことがある。移民として苦労しながらペルーを愛して生きてきた高齢者が、老後にお望みなら、毎日、日本のお味噌汁もお漬け物も出せる施設があった方がいいのは当然だからであった。

心のこもった建物がかなりできかけたところで、ペルー大統領だったフジモリ氏は辞任し、ペルーは経済的混乱に陥った。老人ホームの建設責任者の日系二世のマヌエル加藤神父からSOSがきて四百万円あまりの追加予算の要請があったのは、次のような理由からである。

フジモリ政権時代、老人ホームは公共下水の敷設を予定して設計された。しかし政権が代わってから、財政困難を理由に下水道の建設は棚上げになってしまった。下水道に繋がらないのではホームの台所もトイレも使えない。つまり開業できない。それで下水を自分で作るために、私たちの組織に緊急支援が申し込まれたのである。

お金を出すかどうかを決める運営委員会の席で、フジモリ氏が失墜した今、日本の我々のＮＧＯがペルーの日系の老人ホームに経済的支援をするのはどうか、という判断が世間にはある、という話が出た。決して悪意からではない。こういう心配は、私たちのためを思ってしてくれているのである。

しかし私たちは、別にフジモリ政権を支えるためにお金を出してきたのではない。日系の高齢者たちが、のんきに日本語で喋り、カラオケを歌い、郷里《おくに》自慢をしても「九州島とはどこにありますか？」などと聞かれなくて済むようにしてあげたい、と望んだだけだ。

ふと考えてみれば、カトリックの精神構造の中には、「逆らいをためらわない」という気風がある。自分が思考する時、神は意識しなければならないが、判断を世間の常識に合わせる必要はないことが、時には「逆らい」と映るのである。

今もし、ペルーの経済状態が悪く、フジモリ氏の辞任で日系の人たちも辛い思いをしているなら、今こそ誰に何と思われようと、むしろ私たち日本人がペルーを助けなければならない時であろう。

もっとも「逆らいをためらわない」などと体裁のいいことを言っても、私など卑怯者だから、牢屋にぶち込むとか拷問を加えるなどと言われたら、直ちに「もうペルーの支援はコンリンザイいたしません」と言うに決まっている。しかし何の危険もないから、威勢のいいことは言えるのである。

私たちの支援は純粋に人間的な思いからだけである。我々とペルーとの間には何の経済的な繋がりも、政治的関係もない。だから何でもできるのである。

幼児化の潮流

——善も悪もなさない防御の姿勢は卑怯

ひさしぶりで日本に帰ってきた友人が、「日本はどうなっちゃったの？」と遠慮がちに言う。この人は外国人と結婚してヨーロッパに住み、老母が日本の介護施設に入れなければいけない病状になったので、一時帰国していたのである。

日本に帰れば、一、二週間、忙しく用事を片づけながら日本料理を食べるという楽しみは残っている。都心に出るにも電車は便利。いい国だと思う。年取った母には少し認知症が出ているので預ける場所を探すのも大変だろうと覚悟していたが、娘が外国に帰らねばならない事情をよく理解してくれて、関係者すべてが信じられないほど事務的に素早く親切だったという。

それでも日本に劣化が起きている部分をひしひしと感じた。それはマスコミと政治の部分だった。

ちょうど猪瀬直樹東京都知事の徳洲会から受けた五千万円という巨額の金の使途を巡る事件が明るみに出た時だったからかもしれないが、フランスにもイタリアにもドイツにも、しぶとくて疑い深い政治家がたくさんいるのだろうから、日本の政治家は何と思慮が浅いのかと思ったらしい。

「うろ覚えで、少し間違っているかもしれないけれど、『作家だろ、もっと上手に嘘つけや』という川柳がどこかに出てたわよ」と笑っていた。将来、私が何か悪いことをしたら、せめてもう少し上等な言い訳を作って、世間を楽しませろという戒めなのだろう。

私が政治の世界にうといので、政治の話はあまり続かなかったが、彼女のもう一つの失望は、テレビが信じられないほどつまらなくなったことらしかった。おもしろいドラマなど別に期待していない。しかし画面に出てくるアナウンサーやキャスターやタレントたちが浮ついた日本人になり、とりあげるテーマも内容がなさすぎ、すべてがわざとらしくて幼稚なのが悲しかったというのである。

たまたまビデオリサーチ視聴率データを基に作った二〇〇三年と、二〇一三年のいわゆる長寿番組の視聴率の比較なるものが「週刊ポスト」に出ていたのだが、それを見ると、テレビの衰退、つまり見る人が少なくなったのは、明らかな潮流だという。人気番組でも、視聴率が一時の三分の二、半分になったものもある。

私も日本のテレビをほとんど見なくなっている。世間にはよく、テレビに対して腹を立てている人がいるが、私は前々から、おもしろくない番組に対して怒る必要はない、見なければいいだけなので、別に害はない、という姿勢であった。ことに最近は衛星放送を見られるので、そこには、細部まで実情を細かく調査し、正確で、重層的で静かな大人の会話が充分に楽しめる端正なドラマも見られる。だから日本のテレビを見なければよくなった。ただしＮＨＫは強制的に受信料を取り、それを断ることは現実的にできないらしいので、これは明らかに一つ問題だろう。

テレビが日本文化のすべてを代表しているわけではないが、テレビに現れる日本人の問題意識のなさには眼を覆う人がいても当然なのだ。それはつまり見る側にも幼稚な視聴者がいるということなのだろうが、テレビ制作者の姿勢が視聴者をなめるようになった。

世界は貧困や飢えに悩んでいるというのに、これほど食べ物や温泉巡りの話ばかりしていて恥じない国民が他にいるのだろうか。それに私から見ると、食べ物の味というものはもっともテレビには向かない話題なのである。なぜならテレビの機能では、おいしさも匂いも伝わらないからだ。それに昔から自分だけが食べて、おいしい、おいしいと人に見せつけるのは、無礼で思いやりのないことだとなっていたが、今は朝からスタジオに食べ物を持ち込み、アナウンサーたちが試食しては、「ふん、うーん、おいしい」と言いながら頭を振る姿は、やはりあまり知識欲をかき立てられる光景でもない。

女性アナウンサーたちの表現力のなさもプロとは思えなくなったのだ。画面に見える光景以上の描写はできない。「安心して暮らせる」生活はこの世に決してないのに、まだ平気でこの言葉を乱発する。つまりいささか社会正義を匂わせる定型の言葉を添えれば、それでことが済むと思っているようでもある。その場に登場する人は、画面以上の臨場感を伝える義務があるのだ。

そうでなければ、何にでもすぐわざとオウム返しに聞き直して驚いてみせる。高齢者ではないのだから、耳が遠いわけでもないだろうに、そしてその言葉が決して驚きをもって聞き返さねばならないようなものでもないのに、こういう行為は視聴者の時間を浪費している。本来なら知識を得られる番組も私が拒否するのは、すべてにこの手の冗長が苦痛だからだ。不必要なのにクイズ形式になっているだけで時間の無駄だから見るのを避ける。

嬉しい時もそうだ。女性アナウンサーたちは、やたらに甲高い声を出して笑い、マイクを持って走り回り、体を傾け首を曲げて、手のひらを耳の脇に当てたり振ったりする。私たちは子供ではないのだ。大の大人が、いちいちそんなに大げさに喜んでみせるほどのことは、人生でほとんどない。大人は黙って喜ぶのが普通だ。

私の家は決して暗い家庭ではないと思うが、それでも家族はそんなに笑わない。ただ話題を楽しんでいる。内容がほんとうに人間の真実を衝いていて、自分にも思い当たる節がある時だけ笑い声を立てることもあるが、テレビの出演者はなぜそんなに笑うのか、私は気味が悪い。人生は問題だらけなのだから、普通はもっと淡々とつまらない顔をしていていいだろう。衛星テレビでは、ＢＢＣもＣＮＮもニュースも見られるが、そのアナウンサーたちはもっと淡々と落ち着いた人間の言葉を語る。笑う理由がさしてないのに笑ったりしない。

最近の日本のテレビ画面に出る人は、すぐジェスチャーをする。説明にいちいち小道具を使う。「今日は雨が降りますから、傘を持って行った方が」という時には実物の傘を持ち出さないと気が済まないのだ。これも子供に教える時のやり方だ。今は傘が不要だが、後で要るかもしれない、という時間的なずれや仮説を言語だけでは伝えられないようでは大人の伝達方法として失敗なのである。

何より気持ち悪いのは、何の場面にでもキャラクターなる奇妙なものが登場することである。着ぐるみが出てきて愛想を振りまくのは、ディズニーランドだけでいい。ということは、この手のファンタジーを喜ぶのは、昔は幼稚な子供だけだったのである。今はそれを一人前の大人がおもしろがる。日本中で各地方を代表するこうしたキャラクターが、実に三千体もいて、全国のゆるキャラが集まるイベントまであるという。このゆるキャラ一体を作るのに数十万円はかかっているのだ。

皆で何か次の動作に移る時、最近のテレビでは画面に出ている人は必ず「せーの」と掛け声を掛け合うようになった。これも大人のすることではない。大勢が何かを一緒にする時、それが舞台の上の演技のような晴れの場なら、無言のうちに同時に間を取れる技を、日本人は高く評価したものだった。「せーの」は、作業場でお互いをよく知らない人たちが力を合わせてものを動かす時などの、いわば庶民の未熟な技術を統合する時の知恵である。それを平気でするのは、たぶん電車の中で化粧をして平気な人と同じ神経なのだ。

つまり日本人は一斉に幼児化したのだ。そしてそれを恥とも異常とも思わなくなった。

その理由ははっきりしている。朝から食べ物の話、毎日温泉巡りとレストランの情報、何にでもゆるキャラが出てくる安易さ、すべてはそれらが積極的な悪ではないからだ。霞が関の官僚も、働くすべての組織に属する男たちも、自分たちが任期の間に失敗をして叩かれないことだけを目標に生きている。何か独創的なことをしてそれが失敗したら、目前にぶら下がっている昇進も退職金も泡になる。その代わり、積極的な悪でないもの、凡庸で、何一つ意欲や進歩が見られないものを用意する。善もなさず、悪もなさず、すべて子供向きにものごとを作っておけば、おそらく文句を言われる筋合いはないと考える防御的姿勢の現れなのだろう。

今や就学前の幼児の数はうんと減っているというのに、ほとんどの番組に漫画やゆるキャラが登場するのも、子供相手の要素を入れて番組を作っておけば、文句を言われる筋合いはない、と考えるからなのだ。つまり目標をはっきりと絞った、意欲的、冒険的、思想的番組が、ほとんどなくなってしまったのである。

一つの番組に働く出演者や裏方の数が、近年やたらに増えた。これは医療の世界が、緊急時《イマージエンシイ》には数十人の医師を呼び集め、その結果として誰も責任をとらなくていいようにしているのと似ている。スタジオ内は趣味的にアレンジされているというより、あらゆる色を使っておく。そうしておけば、赤の好きな人も、青の好きな人も、ピンクの好きな人も満足するだろうから、文句を言われる筋合いはない、と考えるのだろう。

この傾向は、テレビ制作の世界だけでなく、出版の世界にも及んでいる。昔は記者や編集者が一人でテープレコーダーを持って談話を録りに来たのに、最近ではよく三人、時には六人などという大人数の編成で仕事をするようになった。私はそういう大げさな仕事ぶりに時々耐えられなくなる。大勢で仕事をするのは、つまり誰一人として「自分が責任を取ります」という勇気を持たなくなったということだ。日本人は卑怯者の時代に突入した。哲学も思想も、選択の眼も個人の勇気も失い、真の制作者、創造者はいなくなった。それでもやっていけるものか……私はまもなく死んでしまうのだから、実は大して気にならない。

お坊ちゃま・お嬢ちゃま思考からの脱出

——自分で考えて闘う力を養う

最近の日本人は、ご苦労知らずのお坊ちゃまとお嬢ちゃまばかりだ、とこのごろ私はよく言うようになった。水道も電気もあるものだ、と決めているが、そんな保証はどこにもないのである。「水道が止まったらどうして飲み水を作りますか」とか、「電気が止まったら何でご飯を炊きますか」という質問に直ちに答えられる人が、近年ごく少なくなったのである。

井戸や川の水がいささか汚染されている場合には、飲み水は、まず有り合わせの布で漉《こ》してから煮沸して飲む、というのが基本原則だ。ご飯は鍋でも何でも炊けるが、その場合米の量の一・五倍の水をお鍋に入れればいいと知っている人はほとんどいない。電気と水が止まった状態では、現在の日本人は生活の方途を知らないのである。

「地震の後でお鍋でご飯を炊く時、電気もガスも止まっていたらどうしますか」という質問にも、驚くことに答えられない人がかなりいる。地震で家屋が倒壊しているような場合だったら、話は簡単だ。その辺に倒れている家の残骸を薪にしてカマドを作って焚けばいい。カマドはどうして作るのですか、という質問が出たら、それはアフリカで義務教育も受けていない子供たち以下の能力である。アフリカの子供たちは親を助けて煮炊きをするから、石が三個あれば、大地の上のどこにでもカマドが築けることを知っている。

「そんな時、壊れた家の残骸をもらってきて、燃料にしたら盗みではないんですか」と聞いた青年もいた。その人はおそらくボランティア活動をしたことのない人なのだ。壊れた家の残骸は、捨てる他はない。ボランティアたちは、木片を猫車などに積んで表通りの小型トラックまで運び、震災の後始末をする。そんなゴミをもらって何が悪いのだ。むしろ残骸の始末になるだろう。

「薪を焚いたりして、空気汚染の原因になるんじゃないでしょうか」

そう思うなら、ご飯を食べないでいればいい。私は数日間くらい、空気を汚しても食事を作る。壊れた家の残骸の木片を断りなく燃すことが盗みになるなら、私は公然と窃盗犯になる。緊急避難とは、そういう選択をすることだ。第一地球上の空気の汚染は、そんな単純なことで決まるものではない。現在只今も、地球上の多くの途上国の田舎では、やはり人々が来る日も来る日も薪を燃して煮炊きしているのだ。そういう事実を知らないから、まるで自分は手を汚したことのない人のようなことが言えるのだ。

昔「国境なき医師団」と呼ばれる有名な組織のパリ代表が、募金のために日本を訪れたことがあった。私が働いていたNGOもこの組織に寄付をしていたので、私は彼らが主催する講演会を聞きに行った。

この組織は、世界中の紛争地帯が、まだ戦闘の最中にある時から、医師たちが現場に乗り込んで行って、負傷者の手当て、病人の治療、感染症の予防などをする。講演が終わった後で、主催者が「どなたでも質問のある人は、手を挙げてください」と言った。

するとー人の日本人の若者が質問に立った。

「あなたたちは、動乱の中にある途上国に行って医療行為を行うわけですが、その場合その国の医師法に準拠しているかどうか、その点をどう処理しているのですか?」

私には彼の質問の根拠がよくわかった。つまり医師はその国の大学を出ていなければならないのではないか。何年の経験がなければ患者をみられないという条件を満たしているのか。その国で認められていない薬を使っていいのかどうか、というようなことを青年は気にしているのである。

彼の質問にパリから送られてきた麻酔医は深く戸惑ったようだった。しかし彼は数秒考えた上で、実に日本人の思考のひ弱さを痛烈に衝くような返答をした。

「ここに怪我をした人や病人がいる。その病気や怪我を治せるかもしれない医師たちが、技術だけでなく、薬も器具も持ってこちらにいる。与えられる側の人が与える。そのことに何の問題もないのではないですか」

そのような土地に行っても、まだ医師法の観念が優先する。役所にはどういうことを届けたらいいのだろうか、と恐れるのが日本のお坊ちゃま思想なのだ。

私は『時の止まった赤ん坊』という連載小説を書くために、マダガスカルにある貧しい産院に数週間滞在したことがある。カトリックのシスターで遠藤能子さんという方が助産師さんとして働いていたのである。お産婦さんが風邪をひく。当時のマダガスカルは極度に貧しくて、風邪薬もビタミン剤もない。するとシスター遠藤は私に言う。

「曾野さん、二階の窓際のベッドに寝ている人に風邪薬をあげてください」

ということは、私の持っている風邪薬を出せ、ということなのだ。私は看護師の資格もないが、持参した薬の袋から、風邪薬を持って言われた通り患者さんにあげに行く。いい悪いの問題ではない。病人を治すのが優先事項だから、野戦病院と同じである。

日本人は元から本質を考える習慣を学ばねばならない。農林水産大臣を務めた赤城徳彦という人が、先ごろ「政治と金」の疑惑にさらされた時、それを晴らそうとする意欲は全くなく、党か議会かで決められている通りの報告を出していると繰り返した。私はそこにもひ弱なお坊ちゃまを見た思いがした。この東大法学部出の秀才は、ことを解決するにはどうしたらいいか、自分で考えて闘う力が全くなかったのである。

すべて既成のあることは疑って、基本からものごとを考えて出発するという習慣は、実に大切な人間性なのである。

日本人の内部崩壊

——自分の言葉で読み書き語ることが人間の条件

一九九〇年頃から、私はシンガポールに古いマンションを買って、そこで時々仕事をするようになった。二十代に初めて東南アジアに出て以来、私は南方の風土が自分の体に合っているように思い、一生のうちいつか南の国で暮らしてみたいと思ったのだ。

シンガポールはいい意味で理詰めで町と人の意識を作る場所であった。実は中国系とマレー系とインド系市民の間には、れっきとして文化的、宗教的、心理的違いがあるのだが、国家としては一つの国民なのだ、という理念を繰り返し繰り返し教え続けて、それがある程度の成果をあげている。

事実ここには汚職も賄賂も庶民生活の段階では見当たらない。電話もよく通じるし、町の大きな本屋は英語の本を買うのに便利だった。人口の約八割が中国系だから、おいしい中国料理が食べられる。人々は銀行業務も、郵便局の事務も、不動産の売買も、英語でする。もっとも強盗が入ってお婆さんが襲われたというような事件があると、新聞記者が談話を取りに行くのだが、その時「×夫人は、広東語で答えた」というような一行が付け加えられることもある。ということは、被害者が英語も標準中国語もできない年齢と教育の人だということなのである。

こういうことがわかったのは、約二十年前に私がここへ来た時以来、外国人の私には見えないような細かい内部事情を教えてくれたたくさんの人がいたおかげである。中国系の若いオフィス勤めの娘などで、標準中国語と英語が一応できても、中国語を書くことはほとんどできない人はたくさんいるのだそうだ。シンガポールの英語は、俗に「シングリッシュ」と言われるほどひどい発音だが、それでも毎日使っているのだから、語学そのものには馴れていて私よりはるかに役に立つ語学なのだろうと思っていたが、それもまっとうな英語を話す人に言わせれば、読み書き話しすべてにおいて完全な人は非常に数が少ないのだという。

もちろんシンガポールにも中国語一貫教育のシステムはあるし、イギリスへ子弟を送って完全な英語を教え込む家庭も多い。しかし庶民の段階では、聞き取りにくい英語、喋って読めるだけの中国語、の使い手がたくさんいるわけである。

一人の人間が、知的人間としてできなければならない「読み書き話し」の三つの手段が完成していないと、「○国人」とは言えないことになってしまう。

日本人は、幸か不幸か日本語だけで暮らせるし、方言はあっても、書き言葉としての日本語は全国に通じている。しかしこのごろの日本人は、もしかするとシンガポールと同じ道を辿っているのではないかと思うことはある。それは読まず、書けず、話し言葉は乱れ放題という世代の絶対数が多くなっているように見えるからである。
○×式の答案が増えたのは、何年頃からか私ははっきり言えないけれど、私の子供の頃の答案は、数学（算数）以外はすべて文章であった。私が小学校の受け持ちの先生を深い尊敬で思い出すのは、毎週のように生徒に作文を書かせ、その山のような作文帳を腕に抱えて廊下を歩いてこられる姿である。廊下の端にその先生の姿が見えると、ドアのところに立っているお当番の生徒が駆けて行ってそれをお持ちするのが習慣であった。

しかしそういう先生は当代少なくなったのだろう。先生自身が本も読まず、文章も書けない人が増えたから指導ができない。いちいち生徒の書いた作文を読んで添削をしたり感想を書いたりするひまがないということらしい。

教師ばかりではない。昔は親が本を読んでいる姿を見て、子供は、どうも本というものは読んだ方が得らしい、あの中には何かおもしろくて利口になりそうなものも詰まっているのではないか、と思ったものだ。しかし今は親が本を読まないのだからどうしようもない。

教師も親も、携帯で子供たちが暗号のような奇妙な日本語で「チャット」（お喋り）をすることのでたらめを禁じることができなかったのだ。実に戦後の教育は、基本から子供たちを荒廃させたのだと私は思っている。

自国語でいいから、完全に読み書き語ることができる人になることが、人間の最低の条件である。裁判、商売、恋愛、共同事業、人づきあい、学問研究、すべて国語で完全に読み書き語る能力が必要だ。

現代の日本人で、手紙や書類で、自分の心を示せる人は実に少なくなった。下手でもいいから、自分の文章で、人情の機微を伝えられる能力はなくなったのだ。

一時期の世間の情熱は「事業仕分け」だった。一九九〇年代の世間の情熱は「官民接待絶対禁止」だった。霞が関の住人とは、仕事を離れて遊ぶこともできない。同級生や他の職場の人と遊べば、他の世界の話を聞くこともできるのに、公務員は気楽にそういうこともできなくなったのである。本来年上の人間は、若い人に奢るべきなのである。しかし実際の収入に余裕がないのか、世知辛くなったのか、今は部下に奢る上司もいない、という寂しさだそうだ。

その頃から私が感じたのは、礼状を書く人がめっきり減ったことだった。なるほど考えてみれば、礼状は、ものをもらったか、よばれたか、に対して礼を言うことが多いのだから、礼状を書くことは、役人にとって危険な証拠を残すことと感じられたのだろう。

今の霞が関の秀才官僚たちは、決して礼状を書かないという世間的非常識に生きている人ばかりだが、そういう風潮が、いよいよ、礼状のような短い文章を書ける作文能力と社会的必要性さえなくしているのである。

日本人の中に自分の言葉で読み書き語る能力を持つ人があまりいなくなった時、日本は内部崩壊したのだと私は思っている。

日本民族を救いたいのなら、まず読書と作文教育を復活させることだが、政治はいつになってもこういう治療法を実行しない。

律儀な職人国家への道

――技術は平等を要求する人間関係では伸びない

何年も途上国に行っているうちに、私は世界の国々が次の三種類に分類される、と思うようになった。

「政治的（親分）国家」
「経済的（商人）国家」
「技術的（職人）国家」

の三種である。

日本は明らかに政治的国家でもなく、経済的国家にもなりえない。政治的手腕で輝いていたという首相も近年には見当たらず、良質な商品を生産する割には、経済的に世界の市場を引っ張っていける大物でもないらしい。ただ日本人は間違いなく律儀な職人精神を宿しているので、その特性で食べているのだろう、と思う。

昔私は、徳というものが国家を支えるだろう、と書いたことがある。政治には手練手管も要り、決して純粋無垢な人が得意とする仕事ではないから、徳などというものが、どうして国家的力になりうるか、不思議に思う人もいたかもしれないが、最近の中国に対する諸外国の反応を見ていると、中国に欠けていたのは、長い年月の徳の力で、それによって中国は大きな経済的、政治的損失をしているのだという気がする。

今の中国に対して、世界の風当たりが強いのは、決してチベット問題だけではないと思う。中国は長い年月、思想、信仰、学問、表現、移住などのあらゆる面での自由を国民から奪っていた。孔子は全面批判するのだと言っていたのを忘れたかのように、最近は孔子を持ち上げるようになった。しっかりした信念もなく、時の情勢によって態度を変え、権力者にへつらい、思想そのものさえあっさりと変える国民だと、世界は思い出したのである。

有毒成分を含んだ食品についても、一回の手違いや犯罪の故なら、こんなに大事にはならなかっただろう。中国の政治家も国民も、儲けのためなら、平気であくどいことをやる国だという事実が、長い年月の間に洩れてきたのである。徳の力がほとんどゼロだと思われたら、やはり国家の繁栄はない。その点、政治的、外交的な力はなくとも、律儀さと正直さと勤勉さに現れるささやかな徳の力を、日本が持っていてよかった。それでやっと、職人国家として生き延びる道が残されている、と私は思う。

ただ職人国家になるには、長い年月下積みの生活に耐え、技術を学び、何よりもいいもの造りをするということを最終の目標に置く、国民的、社会的気風がなければならない。出世や収入の多さよりも、「お前さん、いい作品を作りなさったね」という一言の賛辞を受けるために（いや、時には賛辞さえなくとも）自分だけが自分の作品の批評家になって納得するような仕事をするために生きる人間にならなければならない。

日本には、かつてそうした人々がいたし、今もいると私は思う。しかし、最近の日本人は耐える力が弱くなったのが心配だ。

昨今、途上国で発掘研究をするような若者たちの中で、男が特に生気がない、と言う人がいた。その証拠に、そうした土地に調査のために入る時、持ち込む荷物が、男性の方が女性より多いことがよくあるのだそうだ。髪につけるムース、ひげそりローション、日焼け止めのクリーム、リップ・クリーム、ドライヤーなど、昔の男たちなら、一つとして要らなかったようなものがないと、生活がしにくいと言うらしい。

平等だの、公平だの、労働時間の厳守などという思想は、職人国家を育てない。職人の世界は、民主主義では成り立たないのだ。親方がいて、兄弟子がいて、その下に仕えて技を磨く、技術は何が何でも平等を要求する人間関係の下では伸びない。常に階級社会の枠組みがあり、常に自分より偉い人がいるのだ。その代わり、自分が上の立場になったら、厳しくしつけると同時に弟子には自分の子供を育てるのと同じような無限の慈しみを持って、独立させ、自分よりもっと上の技術を身につけることを望むのである。

それは一種の家族的な感情の繋がりの中で醸成される情と技の世界なのだが、今は家族の中でさえ両親と子供は平等で、学校でも先生と生徒は平等だという。職場では時間単位でお金をもらい、平等に扱われるのを要求する社会では決して定着しないのが技術である。そんな人間関係で、人は学ぶことなどできないのである。
かつてインドで、日本では天皇陛下が、儀式としてではあっても、みずから長靴をはいて皇居内の田んぼで田植えをされ、皇后陛下も野蚕《やさん》の掃き立てをなさると言ったら、どうしても信じられない青年がいた。どうしてそんな高貴な方が、インドだったら最低の階級に属する者しかしない労働をなさるのだろう、と理解できなかったのである。

そこに日本の発展の希望もあるのだ。両陛下の中にも、私たちの中にも、農業は国の基本という信念がある。養蚕は国の産業の一つの象徴という思いがある。農業と工業は共に学問芸術と等しく大切な仕事で、その世界の最高の技術と発展に導くために働く人たちを、道徳的に讃える思いがある。右から左に商品を動かして、それで口銭を儲ければいい、とする国民とは、大きな差である。

職人国家として生きるには、日本人の精神を鍛えなおすことが必要になる。私の世代は、貧乏という今となってはすばらしい体験を経てきているから、かなりのことに耐えられる。しかし戦後の豊かな時代に育った人たちは、辛いことはしたくない。しかし辛さに耐えることは、すべての学問、芸術の世界にさえ必要だ。小説家の仕事など、まさに忍耐以外の何ものでもない要素も含んでいる。

そのような日本人を創るには、強力な国造りの理念を基本にした教育分野での国家的関与が要るのだが、それは戦争への伏線だと言う人が必ずいるから、まず実現できないだろう。その声に従えば、国は人々に徳も個性も定着させる機会を失うだろうが、私は利己主義者なので自分の死後の日本はどうなろうとかまわない。従って伝え残したいことは何もないのである。

人生の師としてのアフリカ
――何もない空間で生きる方法

今日本人にとって、アフリカほど、距離的にも心理的にも遠い土地はない。南米でもブラジルやチリまで行けばかなり遠いのだが、それでもそこには数万人単位の日系人社会があったり、葡萄酒の買いつけのような商売で繋がりを持つ人たちが常にいて、その内情もどこからともなく伝わってくる。

しかし私が二〇〇九年三月に行ったコンゴ民主共和国には、当時一人の商社マンもいなかった。それでいてコンゴには、銅、コバルト、スズ、亜鉛、マンガン、ウラン、ダイヤモンドなどの地下資源から、コーヒー、綿花、ヤシ油、ゴムなども産するのである。私が訪ねて行ったのは、そこで長く働く二人の日本人のカトリックのシスターに会うためであった。

私がアフリカと関わりを持つようになったのは一九八三年、友人たちと六人でサハラ砂漠を、アルジェリアのアルジェからコートジボアールのアビジャンまで、二台の国産四駆で縦断した時である。ラリーではないから、途中で千四百八十キロ続く無人の砂漠を、どんな補給を受ける手立てもなしに、水と食料と燃料を自分で持って乗り切る戦略が必要だった。

しかし私はこの旅でいろいろなものを学んだ。砂漠の運転、文字通り砂と星空以外の何もない空間で生きる方法などである。それは私が生きてきた文明社会と、完全に対局にある世界だった。現実的に言えば、マグレブ諸国はアフリカではない。それは地中海文化圏に属し、或る意味ではイタリアやスペインと同じ文化を持つか、その可能性を楽々と有している。しかしその南、アトラス山脈を越えるところから気温は突如燃えるような暑さに変わり、広大でこの上なく透明なサハラが出現する。しかしほんとうに人間の住むアフリカの問題は、サハラがサバンナに接するあたりから以南の部分で始まるのである。

アフリカは人間の生物学的、同時に文化的出発点である。そこに残されている原形を、私たちはしばしば未開なもののように言うが、しかし人類はそのような状況から出発したことを忘れてはいけない。今でも彼らは周辺に生えている僅かな木と竹で作った壁に泥を塗り込み、椰子や独特の屋根葺き用の草で葺いた小屋に住むが、これが私たちの住居の原点である。こうした家は、何年かの雨期の後に突如融けてなくなる。

或いは貧困の原形も、ここで見られる。トタン葺きの片屋根の、人がまともに立っていられないほど低い小屋を、南アあたりではスクワッター・キャンプと言う。初め私はこの言葉を、屋根が低くて中に住む人がしゃがむ他はないからかと思っていたが、ほんとうは彼らは国有地や他人名義の土地に不法定住した「侵略者」で、その行為に対して時には誇りを持っている人たちでもある。

かつてアフリカを「暗黒大陸」と言った。消えたリヴィングストンを、スタンレーがタンガニーカ湖畔まで探しに行った十九世紀後半のアフリカは、確かに内部の事情もよく知られず、しかも文化の遅れがひどい、という侮蔑があったろうが、この暗黒は今でも根本的には解決されていない。いまだに電気も水道もないのが、アフリカの普通の暮らしだ。衛星から撮った世界の夜の写真では、アメリカや日本は、煌々と光に浮かび上がり、アフリカ大陸の内部はやはり暗黒のまま、あたかもその土地が存在しないかのように放置されている。改めてアフリカは暗黒大陸だということが証明されたと言ってもいいくらいだ。

　一九八三年から始めたＮＧＯのおかげで、私はほとんど毎年アフリカに行っている。二〇一一年からは、昭和大学の形成外科のドクターたちが、マダガスカルの口唇《こうしん》口蓋《こうがい》裂《れつ》の子供の患者に対して無料で手術を行うプロジェクトが始まったので、そこでも働くようになった。お金はいずれも日本人が働く仕事に対して出しているのだが、それでも仕事の成果をこの目で確かめるための「査察」に行っていたのである。そのおかげでアフリカは、常に私に人生と社会を考えさせ、文化の出発点と現実を忘れないための「偉大な師」となった。

思考の源流
——働きたくない者は、食べてはならない

「働かない者は食べてはいけない」と昔の人は言った。聖書にも、同じような意味の言葉がある。

それが当然と、昔の人は思っていた。「蟻とキリギリス」の話も同じ趣旨である。夏の間中、苦労して働き続けた蟻は、冬も食料がなくなることはない。しかし夏の間歌っていたキリギリスには、冬を越す命は与えられない。

因果応報ということは、長い間、人類の歴史の中で、当然の帰結と思われていた。よいことをすれば報われる。悪いことをすれば、ひどい目に遭う。それが誰の目から見ても妥当なことだったのである。

しかしそこに運というものが介入してくる。どんなにいいことをしていても、ろくでもない結果になることもある。サマセット・モームは、「蟻とキリギリス」という名短篇の中で、怠け者で借金ばかりするいいかげんな性格の弟が大きなアブク銭を摑み、律儀な秀才の兄を歎かせる話を書いている。世間が、「いい人志向」「勤勉礼賛」ばかりに傾くのにいいかげんうんざりしていたのだろう。

私も、人間の社会で運は大きい、といつも思っている。今まで飛行機事故に遭わなかったのも、ひたすら運の結果である。だから幸運でも思い上がらず、不運に遭った人にはちょっと手をさし延べるのがいい。

ただ最近の世の中では、基本的発想がくずれてきた。たくさん働いた人と怠け者が同じ結果を得るのではおもしろくない。さんざん遊んで浪費した人と、爪に火をともすようにして倹約してきた人とが、同じ老後の経済状態になるのでは、正義が通らない。

しかしその点は無視されたのである。平等はどんな人にも平等でなければならない。だから私たちの周囲には、生活保護を受けている人が増えた。現在の貧しさの原因が、その人の心がけが悪かったからであろうと、現在食べていけない人を、私たちは支えていくことになる。

人間が助けたいと思う相手は、病気などで働こうにも働けなかった人である。しかし今は先進国では富より貧乏が強いと思うことがある。怠けて貧乏になってしまっても、必ず食べるものがある、生きられる、という社会も又、考えようによっては筋が通らない。

こういうことを言うと、今の社会ではやっつけられる。人道的でない、と言われたり思われたりすることほど困ることはないので、先手を打ってそういう人を非難する。こういうこんがらかった状況を時々冷静に分析して考えてみることは必要だと思うのだが……。

第五章

変化を味方につける

日常から一歩踏み出すと、
違う光景が見えてくる

春は筍《たけのこ》、夏は鮎《あゆ》

——四季巡る風土が、勤勉さを培う

日本に季節があることが日本人の精神を作ってきたのかもしれない、と思うことはよくある。

日本では衣替えをしなければならないが、私は毎年その時期になると億劫《おっくう》で嫌になる。

私の知人に、衣服のことを考えるのが大好きで、翌日は着物を着て出かけるとなると、前日から心が躍るという人がいる。しかし私は心など躍らない。私の身支度は義務感だけで行われる。

言い訳をすれば、私は始終原稿に追われていて、何より大切なのは原稿の中身、その次が家族の食事であって、自分が着ていくもののことなど、ほとんど心を遣うひまもない暮らしをしてきた。

しかし日本の季節の変化は、私のような怠け者でも、否応《いやおう》なく勤勉にする。おしゃれは面倒でも、寒かったり暑かったりするのは嫌だから、セーターをひっこめてTシャツを出したり、オーバーを洗濯に出して夏物のスーツを出したりしなければならない。

昔私が育った家では、毎月月初めには父が掛け軸を替えたし、夏の初めには母が家中の障子を葦戸《よしど》に替えていた。今の私の家には床の間もなく、葦戸もない。

私は二十年近く前にシンガポールに古いマンションを買って、年に二カ月は向こうで暮らしている。戸棚の中には、ジュバと呼ばれるイスラム教徒の婦人たちの着る裾の長い民族服、Tシャツとスラックスが数本あるだけで、私はいつ行っても服装に不自由しない。シンガポールの人たちは、服装に凝らない。凝らなさすぎる。簡単を通り越して、これではファッションが生まれないと思うくらいだ。しかしそれも年間を通して同じような夏が続く土地だから、可能なのである。

この国は赤道近くにあって、自国には農業も牧畜業もないので、南北両半球から、果物でも野菜でも肉でもおいしいものをすべて輸入して食べている。羨ましいような話だが、それが日本と違うところだ。

ところが日本だと、春には春の、冬には冬のおいしいものがあるので、外国暮らしの私の友人たちは始終日本へ帰りたがる。春は筍、夏は鮎、秋は松茸《まつたけ》、冬は蟹《かに》と思うだけで望郷の念が高まるのだそうだ。

四季が忙しく巡り来る日本の風土が、厳しく煩雑な暮らしの変化を私たちに強いた。その忙しさこそが、日本人の魂の中に勤勉さと職人根性を作ったのは間違いないようである。

光の海のほとりで

——大地に生活の根を下ろす幸運

私が湘南の海辺の土地に時折り暮らすようになって、もう六十年近くになる。

私は東京の下町に生まれた。東京のような大都市は、とうてい一人の人間の故郷とは言いがたいという人がいるから、その説を採れば私の古里はこの三浦半島の南端に近い土地になった、という他はない。

そこは縄文時代から人が住み、海辺の魚介類を獲って飢えをしのぎ、海岸の洞窟で寒さを防ぎ、富士山はなかったかもしれないが、海は今と同じような姿を見せていただろう。

人間を大きく分ければ、山志向型の性格と、海志向型の性格と二つに分かれるであろう。私は自分が生来根暗だったから、それを矯正するためにも、海志向型になっていた。これは大いに矛盾するようだが、おもしろい研究課題である。

と同時に、もう一つ人間の性格には、都会型と地方型とがあるだろう。一緒に暮らしていても、夫は都会好きであった。美術館、映画館、本屋、あまり行かないにしてもレストランや喫茶店などが、たくさんある方がいいのである。

一方私はどちらかというと田舎好きであった。私が料理を始めたのは五十歳を過ぎてからで、今では毎日のおかずを作るのが趣味みたいになっているが小説ほどには全精力を注いでいないから、手をかけなくてもおいしくなる新鮮な材料が簡単に手に入る土地がいい。

約六十年前、東京から百キロも離れていない三浦半島の静かな海岸に、週末の家を建てられたのは私の人生の大きな幸運であった。そこで私は実に多くの、大地に生活の根を下ろしたような作品を書けたのである。

ガラス戸の内外

——自然が見せる、厳しいまでの季節の顔

どこからどこまでが湘南なのか私にはわからない。自動車のナンバーに「湘南」をつけられる範囲は別として、人にはそれぞれの土地に対する思い込みがあっていいだろう。

戦前からの「私の湘南」は鎌倉、逗子、葉山のあたりだ。今の湘南は、東京の南西部に住む私の家から高速道路を使えば、どこへだって一時間ほどで行けるのだが、昔のたとえば逗子は、上高地や軽井沢などのように、東京からは確実に離れた避暑地と思われていた。

戦前、私の祖母は、毎夏冬、東京の本郷の家から一カ月半ほど逗子に借家をして過

ごしていた。当時の祖母は息子の一人が事業に成功して、お金に困っていなかったから、別荘を買いたいと思えば買えたはずなのだが、そんな贅沢は考えず、土地の大工さんが建てた二間ほどの借家を借りることに決めていた。

今でも印象的な光景がある。大家さんの家族が、同じ敷地内にある納戸のような古い建物の一室で、その間だけ家族と一緒に暑苦しく暮らしていたことである。この一家は、冷房もない時代であったから、夏になると一カ月半の暑さを我慢して、現金収入をはかっていたのである。

その当時の湘南と東京には、確かに寒暖計の上での温度差があったような気がするが、今、春秋にはそんな差を感じない。ただ、冬の陽射しは東京より明らかに透明で、東京では聞くこともない偏西風がヒューヒューと音を立てて吹く。ガラス戸一枚こちらの側はまさに日溜り。外に出ればウインドブレーカーの襟を立てねばならないのが湘南だ。

湘南は、時に厳しいまでにその季節の顔を見せる。私はそのような正直な湘南が好きなのだ。

二十年後もわからない

――どんな暮らしも自然も、哲学や神学に結びつく

私の使っている海の傍の週末の家では、数年前、流行に乗って太陽光発電の装置をつけた。私の知人はもっと早くその装置に着手し「十年で元が取れるのよ。その後は儲かるかもしれない」と言っていたが、私はそうは思わなかった。投資して元を取ってさらに儲けるなどということは、私のような原稿を書くという肉体労働によってのみ、お金を得てきたような素朴な人間にはできることではない。

しかし私には、この流行の設備を取り入れるそれなりの理由はあった。日本政府は、非常に高い輸入エネルギーを使っているということである。しかも円安の傾向に向かっている時期だから、日本の電気はますます高価なものになりかけていた。

さらに私の家の構造にも問題があった。その家は五十年以上前に建てたもので、当時は屋根や壁に断熱材を入れる習慣もなかった。

問題の部屋は約十二畳ほどのいわゆるリビング・ダイニング・キッチンで、南向きで冬はいいのだが、夏の暑さはただごとではない。冷房機をつけてもあまり効かないので、土地の電気屋さんは「どうしてもダメなら、二台つけますかね」などと言っていたのだが、私たちは倹約して一台で我慢していたのである。

夏の間もう少し心おきなく涼しくしたい、と私は考えて、太陽光発電に心が向いたのだ。これなら家族で一番電気を使う部屋に、気兼ねなくいつも冷房をつけておける。

業者さんは、いいことは盛大に言うものだから、屋根の上に器械を載せただけで、室温が二度下がる、という。二度下がったらすばらしいですね、と私は喜んだ。

瓦屋根の傾斜は、発電機を設置するのに適切な角度だというので、設置は比較的簡単に済んだ。それをきっかけに、私たちは暑い盛りには、居間を涼しくするだけでなく、余った電気を売ることさえできるようになった。夫名義の預金通帳に、使った電気料金を差し引いても、日々タバコ一箱程度の売電料が振り込まれるようになった。

もっとも夫はタバコを吸わない人であった。

しかしこうした省エネ運動が果たして簡単に我が家とお国のためになるのか、私はずっと疑問を抱き続けていた。それが先日、プロの話を聞けたのである。

このままどれだけ個人の家庭に太陽光発電が普及するのか私にはわからないけれど、うまくいけば一つの電力会社でかなりの量をカバーできるという程度にはなるかもしれない、という。しかし一方で、この器械の寿命は二十年と言われている。すると今から二十年後に、いっせいにこの器械は使えなくなるわけだ。その時、太陽光に頼っていた部分を、どうやって再び別の発電方法に切り換えるのだろう。水力ダムも火力発電所もすぐにはできない。

もう一つの問題の方が私には大変なことのように思えた。それは廃棄された莫大な量の太陽光発電の装置を、廃棄物としてどこへ捨てるか、ということである。

私は非科学的頭の持ち主だから、すぐに「領土拡張」に使えばいい、と思った。シンガポールは国土拡張のための埋め立てに熱心な国だった。ほんとうに近隣国から土を買ってきて、埋め立てをしていたのだ。シンガポールは大東亜戦争の終わり頃、たった一つと言ってもいい丘を擁していた。マンダイ山と呼ばれていたちょっとした高地である。日本軍はその丘を攻撃の目標にした。しかしその丘も今はない。すべて切り崩して土を埋め立てに使ってしまったのだという。

日本は国土の八十パーセントが山だから、土はいくらでもある。だから豊富な土を持つありがたみを全く自覚していない。土のない国は土まで輸入する。隣国は輸出を禁止にする。すると土の密輸入人まで現れる。

私は恥ずかしいことに太陽光発電装置に使われているあの器械が何でできているのかもよく知らない。設置された翌日、業者さんに、あの表面の掃除はどうするのですか、と聞くと、傾斜があるので掃除はしなくてけっこうです、ということだったが、ほんとうはおかしな話だと思っている。表面の掃除をしなくて性能の保てる物質などないはずだ。

それで思い出したが、丸い大きな「ゴジラの卵」みたいな燃料タンクを載せたLNG船のタンクは、航海の途中、あまり廻り道をしなくて済むなら、前方の積乱雲の下にわざと入って行って、自然のスコールで洗ってもらうのだという。

今なお噴火し続けている小笠原諸島の西之島で、日本固有の領土がどんどん増え続けているというニュースを聞くのは何となく気持ちのいいことだから、今から計画的に二十年後の太陽光発電機はそれを材料に使って、どこからも文句を言われないような領土拡張に使えるといいと思うのである。

しかしどんなことも、実はそんなにうまくはいかないものだ、と私は自分の身近な生活の中で実感として世の中の不如意を感じ続けている。

この太陽光発電の話が世間で出た頃、私などは、空き地という空き地にすべて太陽光発電機を設置すればいいのに、というような単純なことを考えたものだ。しかし地球の営みは、どこかで人工的に無理をすると、必ず後がよくない。むやみやたらに太陽光発電機を置くと、そのために長い年月の間には付近の地温が下がって、農産物の生産量に変化が出ると考える人もいるという。

最近、地球温暖化を防ぐアマゾンの膨大な自然林に対する研究の結果の一部が、素人向きの記事になって英字新聞に出た。

それによると、アフリカのサハラ砂漠から運ばれる砂塵か砂嵐によって、アマゾンの豊かでない土地にまでリンがもたらされ、痩せた土地を潤しているのだという。

　この研究結果は、ＮＡＳＡ（アメリカ航空宇宙局）のサテライトなどが二〇〇七年から二〇一三年までの間に行った研究データを元にしている。リンは植物の生長、呼吸、エネルギー交換や蓄積に必要な元素なのである。

　サハラ砂漠の砂嵐は、遠くインドやトルコまでも襲う。その間、視界はしばしば数メートルになるから、人間もトカゲと同じように、建物の中や岩影に身をひそめている他はない。砂嵐によって巻き上げられるサハラの砂は、一億八千二百万トン。それが約二千六百キロの大西洋を越えて、南米のアマゾン地区にまで届き、二千七百万トンも降り注ぐ。その中に、二万二千トンのリンが含まれているが、その量は毎年、アマゾン流域から洪水や雨によって失われるリンの量に匹敵するという。

　どんな人間の計画も、これだけの緻密な計算と、大規模な造成はできない。私たち人間は、恥ずかしいほどの小細工をして、当面の危機をしのいだと感じているだけだが二十年後にどうなるか。私はどうせ見られないのだから気楽なところがあるが、どんな暮らしも自然も、哲学や神学に結びついている、とこのごろしきりに思う。

税金の払い戻し

――大輪の花を咲かせ、立派な実を育てる土地

三浦半島にある私の海の家の周囲は、国有地だ。つまり崖の上は一種の波打ち際と見なされ、ここを個人が所有することはできない。

そこは狭い崖の岩にかろうじてつかまっているような雑木林である。防風林にもなっているのだが、手入れをしないと下枝がすけすけになり、木は頭でっかちになってそのうちに崖から落ちるだろうと思われる。放っておくのが義務みたいだが、そうすると風通しが悪くなって虫も湧くので、時々うちで、木に絡まった葛に似た植物などを切り払う。

崖の一部は、昔から、一種のもの捨て場になっていた。カンやビンではない。近所

の農家が、細かい落ち葉や植物の屑を捨てていたのである。或る時、家族がそこで少し変わったものを見つけた。カラーの葉である。さっそく掘り取って、適当な日陰に植えた。するとその年、今までにこんなにも大きく見事な花は見たこともないと思われるほどのカラーの花が咲いた。長年、自然の肥料の中で眠っていた球根が、うんと太っていたのだろう。

国有地には、野蕗も生える。毎年十二月の末に探しに行くと、もう蕗の薹が生えていて、私は大喜びで香りのいい蕗味噌を作る。だから蕗は放置して繁茂させている。時々こっそり肥料をやる。植物にはすべて、後でお礼の肥料をやるのは、常識なのだ。

或る年は、国有地にカボチャの蔓が伸び出し、立派な実をつけた。誰かが、カボチャの芯のところをごみ捨て場に捨てたのだろうが、その種が生えたのだ。私は嬉しくてたまらない。国有地で採ったカボチャだと思うと、税金の払い戻しだという感じでおいしさが増す。

湘南は、とにかく何でもよく育てる寛大な土地なのだ。

花火の祝福
――片時の美と幸福の贈り物

普通別荘というと、一年に二週間くらいしか使わない人もいるらしいが、私は海の傍に家を作ってからは、始終そこで暮らしていた。知人が私が作るご飯を食べに来ることはあるが、東京の家にいるのと同じ生活だった。原稿を書き、料理をする。魚は土地の魚市場で買うが、新鮮で実においしい。それに我が家の庭で採れた野菜が加わるので、私の腕が少々悪くても、多分おかずは悪くないはずだ。

作家というのは肉体労働者なのだが、村の人は遊んでいるものと思うらしく、一度農家の奥さんが数日間、家事の手伝いに来てくれた時、我が家の電話は鳴り、私は始終コンピューターに向かっていて、その忙しいのにびっくりしていた。海の傍で暮らすというと、皆昔映画にあった『甘い生活』のような暮らしをしていると思うらしいのである。

海の生活でも晴れの日がないわけではない。私の家の対岸にあるシーボニアという有名なヨットハーバーが、八月に花火をあげるので、私は兼ねてごぶさたをしていた人や、その夜だけ一年に一度私に会ってくださることに決めているらしい方たちを招くことにしている。あちらさまがおあげになる花火を、私たちはただで見せていただくのだが、考えてみれば花火というものは心の広いもので、誰にでもわけへだてなく、見える限りの地上にいる者に片時の美と幸福を贈ってくれる。

もう来年は生きていないかもしれないし、お客さまも招けないかもしれないから、いつも今年が最後と思って私はその夜を迎える。ほんの十五分ほどだが、豪華な花火は私たちの庭の真上で花開き、私たちがこの世で出会ったことを祝福してくれる。私はこの海の見える庭で死にたいのだがそんな望みが叶うかどうか。

動物としての人間

——思い上がることなく、分際をわきまえる

私が東京で住んでいる家は、その土地を買った母の趣味で、やや低いところにある。母は南傾斜で、北西に高くなっていた住宅地の裾に土地を買った。北西風を避けるためである。

一応賢い選択のようだが、私は東京の家では、日の出も、西日が沈むのも見たことがなかった。銀座からの帰り道に満月に感動した日に家で、「今日の月はきれいよ」と家族に言っても、普通の二階家なのに、その玲瓏《れいろう》たる月はどこからも見えない。何だか嘘をついているような気分だった。

しかし六十年ほど前から、三浦市にある海の傍の台地に始終行って住むようになる

と、私は東京と違って、月や日の姿を、いつでも見られるようになった。月や日だけでなく、相模湾の彼方に見える富士山や箱根の連山、伊豆の山の稜線まで眺められた。これは何にもまして贅沢なことであった。

私は荒れ狂う海を見るのも好きだった。台地の上にいるのだから、高みの見物だと言われれば申し訳ないのだが、「海面全体に白兎が飛んでいる」ように見える荒れた波頭は感動的だった。

二〇一四年十二月半ばに日本各地に豪雪が降った日も、私は海の傍の家にいて、寒波の到来も予測できたので、まず畑で採れた大根を大鍋いっぱい薄揚げと煮た。上の青菜の部分は、昆布と浅漬けにした。主菜はカマスの干物を焼いたり豚カツを揚げたりして、雨戸の外にひょうひょうと口笛を吹くような風の音を聞き、ベッドの中で読書をした。そして翌朝は、恐る恐る雨戸を開けて、海のご機嫌を眺めた。

人間が不当に思い上がることなく、動物と同じに天気の顔色を見ながら暮らす。私はそういう生き方が、人間の分際を越えなくていいような気がするのである。

新幹線と私

――人生を考え、哲学する贅沢

新幹線どころか、まだ金沢までは夜行寝台を利用するのが普通だった時代からの懐かしい思い出がなければ、新幹線時代の喜びも深くならないものかもしれない。

若い時から私は、よく出版関係の企画の講演会に出るために、他の作家や漫画家の先生方と旅行した。金沢行きの寝台車の夜明けは富山である。まだ乗客のほとんどは眠っているから、車内は森閑《しんかん》としている。

そんな時、漫画家の某先生の自然児のような声が、寝台の中から随行の編集者を呼ぶ。

「おーい、○○君。あんころとビール、買ってきてくれや」

当時は停車時間も長かったのだ。食べ物の好みは自由、と言うが、変な取り合わせだ、と私は内心思いながら聞いている。

しかしそれにしても当時、富山も金沢もけっこう遠かった。それが日帰りで遊びに行ける新幹線時代を迎えるという。長生きすると信じられないようないいことに出会える。

新幹線という乗り物を、私は大好きだ。これは私の仮の書斎である。短い仮眠もとれるし、読書もできる。本の校正刷りに眼を通すにはうってつけ。ライティング・ボードと原稿用紙を持参して乗車時間が三時間あれば、新聞小説二日分は楽に書ける。私はパソコンで書く作家なのだが、最近の軽い機械でも手に持つのが嫌で、出先には持って歩かない。

時にはコーヒーや、たまにはビールを飲みながら、景色も見られる。風景を見るということは、私の場合現在の日本の先端的生活に触れるということでもあり、人生を考える機会でもある。哲学をするということは、甘い贅沢だ。そして目的地においしい食べ物や長い年月を経た文化を濃密に保有する歴史的な町が待っていてくれれば、それで旅の醍醐味はすべて味わえる、というものだ。

私は北陸出身の母の娘だったので、（魚の下ろし方は今でも下手だけれど）魚料理だけはうまくなった。私の煮魚を食べに、友達がよく来てくれる。煮つけの味は、京橋八丁堀出身の父の好きな濃い味だ。今では味の薄い関西風が王座のように幅を利かせる東京で、私のようにこってりと煮る料理人は少なくなったから、私にやや存在価値が出てきている。

人生では変化と違いを確認することが楽しい。新幹線が簡単に北陸旅行を叶えてくれる時代になったことだけでも、日本文化が歴史始まって以来の頂点に達したのがわかる。

車と共に人生を歩いた

——自動車の旅で世界を知る

私が初めて自動車の免許を取ったのは、一九五五年で、女性としては比較的早い方だったろう。母はその年、既に五十六歳くらいだったのだが、早くも足が痛いというようになり、外出が不自由になったのを嘆いていた。それで私は、自分で車を動かせるようになれば、母をどこへでも連れて行ってやれるだろう、と少し親孝行を考えたのである。もっとも車は当時まだ国産車もあまり普及していない時で、私たちは、母当人にも少し出資をしてもらって、フォルクスワーゲンの中古の車を五十五万円で買った。当時の貨幣価値から考えれば、かなり高い車だった。

売り主は当時の世間の言い方をすると、「第三国人」で、車はずっと自家用に使っていたという触れ込みだったが、後で整備の人がよく調べたら、二ドアなのにタクシー用に使っていたらしく、メーターを取りつけた痕跡の穴がちゃんと開いていたという。方向指示器は胴体の横から短い棒の出る古風なシステムで、これがよくひっかかって機能しなかった。

このフォルクスワーゲンは、エンジンのかかりも悪かったので、しばしばクランクを廻して、始動させねばならなかった。さんざんバッテリーを使ったとしても、目黒通りを自由が丘あたりから目黒の大鳥神社まで、交差点に信号機というものがなかったのだから、その間に充電することができた。

この年の冬、初めて私たち夫婦は遠乗りをした。大阪まで二日がかりで行ったのである。高速道路などないから、東海道の松並木の下の道を、砂ぼこりを上げながら走るのである。朝早く家を出たのに、その夜は名古屋泊がやっとで、ずっと西日を受けながら運転したので、私の鼻の頭は日焼けで皮が剝けた。帰ってきて友達にその話をすると「大阪まで道なんてあるの？」と言われたのを今でも覚えている。

一九六〇年の安保の年に、私たち夫婦はアメリカで長いドライブをすることになった。アメリカのワシントン州のシアトルから、中米のコスタリカまで行くことになったのである。日産が、アメリカで組み立てたダットサンを、コスタリカまで提供してくれて、首都サンホセで乗り捨てればよいということだった。

当時国際免許などというものはなかったのか、私はアメリカで免許を取った。好きな時間に警察署に行けばいいので、私は鮫洲の運転免許試験場の厳めしい官僚的な空気と比べると、何という違いだろうと思った。警察署では、バーのカウンターみたいな台の上で、もらった試験用紙に○×式の答案を書く。字なんかあまり書いたことのないような男たちが、鉛筆舐め舐め頭を抱えて答案と取組んでいた。私はまだ少し若かったし、外国人だったので、警官がうんと親切だった。「英語がよくわかりません」と言うと、絵を書いて、ほとんど正解を図上で教えてくれたので、一回でとおった。夫は私よりはるかに英語も運転も達者だったのに、路上試験で左側通行の癖が出て、つい車線を間違えそうになって落第した。「明日まで、路上で充分に乗りならして、もう一度来るように」と言われたのも新鮮だった。

初めてアメリカのハイウェイを運転した時には、あまりの速度について行けなかった。私の後から車で走っていた日本人は、私の車が「お尻を振ってましたよ」と言う。もっと遠くを見て運転するように、と言われて、当時は私も若かったから、状況にはすぐ慣れた。しかし私が運転を怖いものと思い、ドライブを楽しむより人に乗せてもらう方がずっと好きになったのは、この時に恐怖心が植えつけられたからだと思う。

アリゾナでメキシコ側に入る時から、田舎の国境であまり英語もできない係官相手に車輛の申請もしたのである。アメリカでは、ハイウェイで事故を起こして止まっている車に対しては、通りがかりの車が停車して声を掛けるなどということをしない。速度が速すぎるので、簡単には止まれないのである。第一そんなことをしたら、その車が実は強盗で、せっかく止まってくれた車の人を襲うかもしれない、という注意も受けたが、メキシコでは、道端の木陰に車を止めて休んでいるだけで、「大丈夫か、故障ではないのか」と声を掛けてくれる温かさがあった。

メキシコの南部からグアテマラの北部にかけては、当時まだパン・アメリカン・ハイウェイが通じていなかったので、無蓋貨車の上に車を載せて移動した。隣の貨車に車を積んでいたアメリカ人の男二人連れは親切な人たちで、メキシコ以南の自然界には、そのまま飲める清潔な水は一滴もないが、椰子の実のジュースだけは無菌だとか、自分たちはちゃんと武器を持っているが、「貴方《あなた》たちは無防備なのか。それはいけない」とピストルを見せながら私の知らない知識や外界に対する構え方を教えてくれた。終点がコスタリカだったのは、当時、それより以南にはまともな陸路がなかったからである。

日本に本格的な高速道路の運用が始まったのは、私の生活の中では一九六四年のオリンピックが契機だったような気がする。当初はまだ鈴ヶ森から京橋まで、ほんの短い区間が通っただけだった。その頃、私は当時の建設大臣だった河野一郎氏をインタビューしたことがあった。すると河野氏は、まだ若い私に向かって本気で「あんな立派な、二車線もある道路を造って、無駄遣いだ」という意味の意見を述べられた。私はアメリカの道を走って帰ってきた後だったので、たった二車線の、あんな短い道路が高速道路などというのは恥ずかしいと思っていたが、この河野氏の誰に対しても「あしらう」ということをしない態度は、見事な姿勢だと感じた。

私は運転が好きではなかったのに、ずいぶん長い自動車の旅をした。一九八三年には、友達五人と、サハラ砂漠を日本製の四輪駆動車二台で、アルジェリアからコートジボワールまで八千キロあまりを三十五日で走る縦断旅行をした。ラリーではなくゆっくり走ったのである。しかしそれは自分で水も燃料も食料も積んで走るという厳しさを要求されることだった。他に能のない私は運転手の役を与えられ、炊事の他に一日六時間以上も、何の変哲もないまっ平らな砂漠を、執拗な蜃気楼に悩まされながら運転し続けた。

　砂漠に行くことは長年の私の夢だったが、そこで私は実に多くのことを学んだ。一神教（ユダヤ教、キリスト教、イスラム教）は、ものがあふれている日本と比べて、何もないという対極にある砂漠の完全な無の中で発生した。その感覚を知ることが私の主な目的だったが、それはその後に私が関わることになったアフリカとの関係の理解に大きく役立った。

　私は八十歳前に運転を止めた。一生自動車事故だけは起こさずに済んだというだけで、私の生涯は成功だったと思うことにして嬉しかったのである。

季（気）のない私の暮らし

——一年中咲く花は、茶花にもならない

私の生活には季がない、季がない、と呟いていたら、いつの間にか、季がないのは、私の生理と関係があるような気がした。子供の時から私はとにかく寒いのが嫌いだったのである。風情も何もない。私は低血圧で、呼吸器が弱く、風邪をひき易い体質であった。

二十四歳の時、私は初めて東南アジアを旅した。最初にバンコックの飛行場に降り立った瞬間、私の皮膚は生気を取り戻した。当時はまだ空調設備なども普及していなかった時代である。空港のビルもできるだけ高い天井に暑い空気を集め、それを抜くことが暑さをしのぐ唯一つの方法だった。しかも空気には強烈な南方の果物と香料の

匂いが凝縮している。しかし私の皮膚感覚はその中で甦るような感じだった。

一九九〇年に、私たち一家はシンガポールに古いコンドミニアムを買った。寒がりの私にとっては逃げ場が一つできたようなものだった。幸い作家の仕事はどこででもできる。シンガポールなんて暑いんでしょう？　と日本人は誰でも言うが、日本の町中の、特に当世風の薄い屋根瓦の我が家の夏の暑さと比べたら、ビルとビルとの間にのびのびと大木を繁らせたシンガポールの町は、東京よりずっと涼しいのであった。

シンガポールには乾期と雨期があるだけだ、と私は教えられた。つまりシンガポールには日本人の考えるような季がないのである。当時はそれでも、中国のお正月（旧暦で毎年日が変わる）を過ぎると急に乾いて暑くなるとか、激しい驟雨は夕刻にさっと襲ってくるのが定型だ、とか、いくらかルールがあったのである。

それが地球の温暖化のせいかどうか、のべつ幕なしの天気に変わってきた。雨期でなくても毎日、それも一日中雨が降る。一方で前方の空一面が紫色に染まるほどの激しい落雷はずっと減ってしまった。季がなくなってきたのである。

シンガポールに住んでいる私の日本人の友人は、華道の先生であった。季のないシンガポールでは、花材が非常に単調になる。水仙も育たない。木瓜《ぼけ》も咲かない。野放図に繁茂するのは蘭だけだ。私はシンガポールに着くなり、安いし長持ちするというだけで蘭を山ほど買って家中にいけているが、彼女はむしろ嫌いであった。一年中咲いている花など、茶花にもならないのである。

でもいいじゃないの、寒くなければ、と私はご都合主義だが、最近のシンガポールでは、日本の銀座に当たる繁華街のオーチャード・ロードに、石鹸の泡みたいな人工の雪を降らせてクリスマスを祝うようになった。インドネシアやタイやフィリピンから働きに来ているメイドさんたちは、まだ見たことのない雪を見に、夜はそこに集まって大喜びで写真を撮って故郷の家族に送る。

「季がない」のは「気がない」ことなのかな、と私は思うようになった。

＊本書は河出書房新社より刊行した左記単行本・文庫本を各章テーマごとに再編集の上、追記・加筆しました。

記

『人生の旅路』（二〇一一年十月）
『生きる姿勢』（二〇一三年五月）
『酔狂に生きる』（二〇一四年七月）
『人生の収穫』（二〇一五年五月・河出文庫）
『人生の原則』（二〇一六年二月・河出文庫）
『不運を幸運に変える力』（二〇一六年十二月）

曾野綾子（その　あやこ）
一九三一年、東京生まれ。聖心女子大学文学部英文科卒業。七九年、ローマ教皇庁よりヴァチカン有功十字勲章受章。八七年、『湖水誕生』で土木学会著作賞受賞。九三年、恩賜賞・日本芸術院賞受賞。九五年、日本放送協会放送文化賞受賞。九七年、海外邦人宣教者活動援助後援会代表として吉川英治文化賞ならびに読売国際協力賞受賞。二〇〇三年、文化功労者となる。一九九五年から二〇〇五年まで日本財団会長を務める。二〇一二年、菊池寛賞受賞。著書に『無名碑』『神の汚れた手』『天上の青』『夢に殉ず』『哀歌』『晩年の美学を求めて』『アバノの再会』『老いの才覚』『人生の収穫』『人生の原則』『生きる姿勢』『酔狂に生きる』『生身の人間』『不運を幸運に変える力』『靖国で会う、ということ』『夫の後始末』『人生の後片づけ』『介護の流儀』『人生の終わり方も自分流』等多数。

「群れない」生き方
ひとり暮らし、私のルール

二〇二〇年二月一八日　初版印刷
二〇二〇年二月二八日　初版発行

著　者　曾野綾子
装　丁　中島かほる
発行者　小野寺優
発行所　株式会社河出書房新社
〒一五一－〇〇五一
東京都渋谷区千駄ヶ谷二－三二－二
電話　〇三－三四〇四－一二〇一（営業）
〇三－三四〇四－八六一一（編集）
http://www.kawade.co.jp/

印刷・製本　中央精版印刷株式会社

Printed in Japan　ISBN978-4-309-02861-3
落丁本・乱丁本はお取り替えいたします。